———————— 想象，比知识更重要

幻象文库

算力

宋婷——著

NEWSTAR PRESS
新\星\出\版\社

目录

1	第一篇　算力·幻想几何学
41	第二篇　算力
181	第三篇　算力回滚－融
227	后　记　夕阳下的孟加拉虎

第一篇 算力·幻想几何学

数学家们在对自然本质的揭示中找到了定理。优秀的那些进一步从定理之间找到相似处。再后来，有天赋的那些从证明和证明的发现相似处，从分支和分支间发现相似处。最后，伟大的那些用思维逃逸重力，从天空俯瞰所有相似处的相似，摘取了基础科学王冠上的明珠。

"最卓越的人能发现这些遥远的相似性。"我想。呼吸机扣在了我的鼻和嘴上，医生对我说："深呼吸，呼吸，呼吸。"

每一次呼吸，医生戴着蓝色医用口罩的画面就更模糊一些，他吐出的字符雾化成我眼前的水汽。

医生的身影幻化成了记忆中父亲的脸。父亲正对我摇头，他说："不。那些相似性间本就不遥远。语言和几何是一级级走向抽象的阶梯，也是地窖锁住的家乡。在不确定性的词源搭造的曲廊里迷路，在景观中寻找无法找到的宝藏，在字词和造就透视的笔触中上升和下降，这就是诗人的命运。诗人是残疾的肉体在天空飞翔。"

"迷失的人迷失了，相逢的人会不断相逢。人出生时遗忘来处，却终生都在梦里回到那个地方。真理国和谬误国间看似有无数的路，你却从一开始就只有一条路，而且只有这一条。"

我一下子从梦中惊醒。

是在课堂上。下午两点正是亚利桑那州烈日最嚣张的时刻,日光正落在课桌翻开的书本上,那是一本《空间几何学》的教材。我看了看我的右手,掌心都是汗。

"巴什拉代表的法国哲学家认为几何空间并不是填充物体的容器,而是人类意识的居所。"麻省理工大学理论物理系终身教授、我的导师富兰克林·维尔泽科正在讲课。他在黑板上画一个正方形,画最后一条底边时,右手拿着的粉笔折断了一截,咔嚓一声,十分清脆。

我看着断掉的粉笔从讲台上跳了两下,滚到我脚边,碎成两段。一,变成了二。

我刚刚在课堂上瞌睡了,左手拿着的笔在色块深深浅浅的草稿纸上画了一条打盹的直线,像许多人的泪痕涸湿了停跳的心电图。我用左手拿笔已快十年。12岁时我因车祸右手腕骨粉碎性骨折,无名指和小指不再能伸直。

车祸也让我右眼失明,失去了正常视野和物体视距,不能进行部分精细实验操作。这对一个被亚欧桑那超越中心寄予厚望、希望培养成最优秀航天机械工程师的年轻人来说,是难以用勤奋弥补的缺陷。我明白,转向纯理论工作是我最终的归宿。

"2000年前我在苏格兰博物馆看到过一个展品,那是五个基本的元素模型。人类的二维世界里存在一系列边长相等、边与边之间夹角木相等的'完美'图形。于是有人说当我们把完美的二维图形推广到立体，就能得到无穷个完美几何结构。而实际情况是，三维空间中只有五种这样的完美几何结构：四面体、立方体、八面体、十二面体和二十面体。开普勒就曾用这五种几何描述太阳系，为天空立法。"富兰克林教授讲道。

没错。我在心里回应。一边听着教授的讲解，一边撕了一张新的草稿纸勾出草图。先画一个地球，再画一个近似的火星和它们的运转轨道。一个正十二面体可以同时外切地球运转轨道，并内接火星运转轨道。一个正四面体会外切火星轨道，内接木星轨道。再画一个立方体，使它外切木星轨道，内接土星轨道。此时地球轨道内的二十面体就会被金星轨道内切。最后嵌入金星轨道内一个八面体，它将被水星轨道内切。

一个神秘的嵌套雕塑跃然纸上。这个二维纸张上的模型是开普勒思维力和计算能力的结晶。其中行星轨道之间的距离与哥白尼计算值基本相符。他一生都相信，几何的和谐将带给行星秩序，而秩序是增长的基础。

作为恒星的太阳提供了巨大重量的质点，但没出现在画面中。

"引力波在我心中证明了时空是几何学的结局。而你们有没有想过，我们所有人此刻就在和宇宙的动态对峙当中。'空间'是指我们看到或感受到的结构吗？不足够精确。随着信息科技的发展，随着VR和AR层出不穷的影像应用，恐怕我们也需要对'视觉'和'空间'进行重新定义，等待更多科学和哲学的揭示。而几何将依旧永恒。"

这一年，我们的空间几何学授课教授、我的导师富兰克林·维尔译科获得了诺贝尔理论物理学奖。这份奖是颁发给他19年前的学术成果：粒子物理强相互作用理论中的渐近自由。写出论文的那一年他21岁，像我现在这么大。

亚欧桑那超越中心四分之一的毕业生之后会效力A国航天局地外生命探索项目组，我本想在暑期科研时选择Psyche 18项目组，他们对一颗铁镍小行星做沙盘研究并会在2×22年从地球发出飞行器，2×26年返回。富兰克林教授劝我不要急着下决定，他这周要回到寒冷的美东开会，临走时为我介绍了一位师兄，说他会为我给出建议，让我仔细听取。

我信任和感激富兰克林教授。他曾对我说：上天盲了你的一只眼，是要你看到比我们更广袤的东西。上天折断你的一只翅膀，是要你绘出无法用画笔绘画的真相。上天带走了爱你的父母，因他选中了你做门徒。他将诗典留给了你，要你一个人赤足踩过荆棘的路，去拿。

我和富兰克林的大弟子选在亚欧桑那州立大学校内的咖啡厅碰面。相认很简单，因为室内只有我们俩都穿了超越中心的 T 恤。我们的胸口有一行字：我们创造超越科幻的科学。

骄傲的，闪耀的。

握手后，我们得知了彼此都是教授口中的得意门生。一张名片递到我面前，上面有一行黑体字：沃莱士基金会主席。

"十年前我出清所有科技公司股份，它们中的一部分广为人知，像某个搜索引擎和另一个社交网站。目前我运营这支非营利性质的基金，做我认为正义和公平的科研。"这位男士说道。他看起来四十五六岁，似乎是混血，薄唇和较为柔和的脸部外轮廓是亚洲血统的体现，金色的眸仁时常闪现常人不会有的信心。除去偶尔犀利的眼神，他穿牛仔裤、舒适的运动鞋，平易而机敏的气质和居住在海湾矽谷独栋别墅里任意一个科技新贵无异。

"我想你知道了 Yoggle、Touchbook 等科技公司为提升科研计算效率和编程体验推出的新型可视化编程语言和平台，但是他们做的产品远不够酷。他们每天起床不吃早饭就去给华尔街打工。上天很公平，只有自由自在的心灵才能画出最好的作品。

"不过我非常看好可视化编程平台的前景。它既降低了编程和科学研究计算的门槛，又充满拓展性。而且会让人类文明进步的根源——科学工作者、让火种——儿童，进一步接受影像现实。建构影像现实是在修建数字世界和虚拟世界的渡口。在人们可以迈向真正的数字世界之前，我们一定要赋予每个人学会'编程'的权利，并且让它不可剥夺——"沃莱士喝了一口冰水，"所以你想不想加入我的一个开源研究项目，叫幻想几何学。"他问我。

亚里士多德曾用四面体代表火、二十面体代表水、十二面体代表宇宙、八面体代表空气、立方体代表地球。它们是古人眼中完美的几何。

"你认为如果用一个形状或者图案表示WWW万维网协议，它会是什么样的？"沃莱士转动方向盘向右拐弯，这是开往基特峰顶盘山路的最后一个弯道。"冰裂纹？蜘蛛网？别担心。我不会告诉蒂姆·伯明翰·李，虽然我们很熟。"他笑了笑，"想完这个问题，你可以想一想如果用几何表述'区块链'又该是什么样的——这是别致的饭前开餐酒。"空气随着海拔的升高降低，太阳也马上要沉入地平线。我在车窗外看到了寒凉余晖下树丛掩映中圆凹顶的VLT望远镜。那是世界上第一个观测到冥王星的望远镜。它是一个通道。我想。

在沃莱士基金会基特峰的专用天文观测点里，我仍在思考这个问题：如果亚里士多德活在今世，他会用什么样的几何表达互联网和区块链呢？他将以什么结构揭示使数据在端对端流通和分布式记账的实在呢？

当现代人翻开哲学经典，走到时间深处，去和人类曾拥有过的最智慧的头脑对话，就会忍不住发出疑问：受益于科技时代馈赠，人类改造自然的能力飙升，可两千年来人脑思维力真的有质的提高吗？答案近乎是否定的。所以没有任何人有资格苛责哲人受限于科学基础的局限，相反，他们要尽力追逐那些挣脱束缚的光芒。他们面临如此艰难的境地，做出了高贵的抉择和思考。当我面临相似的处境时，我能做到吗？我希望如此。我曾被光照耀，有一天，也要成为光。

而此刻，我面前是16米口径的望远镜和一片漆黑的夜。手机不被允许使用，因为任何一丝人造光都会造成观测误差。天文台穹顶露出的那一长条矩形的璀璨银河是我和沃莱士二人此刻唯一的亮度来源。这时沃莱士从巨大的镜身处探出头，他说："参数调好了。"

头顶的球形穹窿向沃莱士设定的方位移动，从露出南边的星空，转为露出西边的一隅，发出令地面震颤的巨响。"到这里来，尼可。到观测点这来，你将重新发现一个离我们'最近'的星系。"

我将左眼对准了镜片的视野。

遥远的星系像烟火用血液和余烬涂抹的画。我看到一颗行星被潮汐锁死在它的恒星旁。行星靠近恒星的一面正值白日，星体表面暴雨滂沱。类似现象有一例就发生在距我们 390 光年的双鱼座，那里有一颗我们已知唯一围绕 WASP-76 恒星运行的行星。这一颗白天的温度可达到 2400 摄氏度的巨大行星不仅足以熔化铁，还会让分子分裂成原子。星球迎来的每一颗黑色的雨滴都是高温熔化的铁。

可我很快反应过来：不，这不对。离我们最近的河外星系是大仙女座。哪怕是 16 米口径的望远镜，再先进的即时高分辨率光谱成像仪，都不该绘制出这样丰富的细节！我不可能看得这么清楚！

我迅速查看了这座天文望远镜的锁定数值。"你输入的仙女座星云的坐标！这不对！"我问道，"这是怎么做到的……"

沃莱士把焦距推近了，示意我继续看，笑而不答。

推进后的镜头里画面仍旧清晰得吓人，我甚至看不到任何一个像素点，简直像一个马蒂斯抽象画的调色盘以矢量画质复刻到我的虹膜。蓝色、粉色和黑色的液体在依偎和厮打中追逐滚动。调色盘的墨汁海洋按固定的频率孕育出新的泡泡，再破灭，消散成蒲公英状的废墟重回源头。色块跃动的博弈像不可名状的外星生命正在用舞蹈表演分子分裂原子的过程。

"他们遵照着某种规律,井然有序。"我喃喃自语。这不是物理现象的特征和现象,而是本质。

"这是代码,代码就是法则。"

"几何是开普勒为天空立法的工具。而我希望用代码。"沃莱士说,"我认为,如果人类想用数据创造自然,首先就要诉诸星空,那是几何学的来源。是永恒。是千年前最好出身的儿童才能拿来做头脑训练的琼浆玉液。我希望让世界上最贫穷的孩子也能有至少一个低成本学习科学、研究星星的工具,无论国籍和出身:农民的孩子、流浪儿,再悲惨命运的每个儿童都该有一个可以生动编程的智能终端。如果他们没有,我就为他们发明和搭建。那么他们就在这里拥有一颗星星,一件数字国度的护照。那里没有歧视,人人平等。"

听起来沃莱士是一个不希望世界强者恒强的人。"你希望用教育给每个人在科学面前相对平等的起跑线。"

"不,起跑线已经天差地别。或许是,给每个身在长跑跑道上的人和国家,从现在起,都穿上一样的跑鞋。"

沃莱士说话的时候,按下了望远镜旁的一个按钮。封闭的天文台顶部突然升高,四周围墙像一朵混凝土和钢筋制成的花苞瓣开花瓣,向外盛开。轰隆剧变后,我暴露在巨大、清晰的星空旷野之下,呼吸到了夜晚新鲜的空气。

"戴维·玻姆认为宇宙看起来具体而坚实，但只是一个幻象。宇宙是一张巨大而细节丰富的全息摄影相片，是缀满装饰物的气球的内膜。"沃莱士说，"所以我就这么做了。你看到的一切星空、草地、小溪都不是现实，而是'影像实在'，是三万六千个高清投影和极限感光材质屏幕打造的全息投影。我们用接近30%的全球算力建构了自然。作为数字新基础设施，复刻地球已知的全部宇宙的'此时'，甚至用百万个以上的机器模型预测仿真。当我们离数据宇宙的投影点越远，感受到的宇宙越复杂、越宏观。"

"和现实世界不同，我们用非欧几里何引擎渲染了所有的模型。你站在全息投影中每一个肉眼所见的三维坐标点，视野中能看到的画面，都是全部可能性构成的数组。只有这样才能在有限的实际空间里容纳无限。"沃莱士将手伸向天空，"然而这个平台搭建后，我们想象不到的事情发生了——一些创造脱离了原有的认知，尼可。"

"什么叫每一个肉眼所见的透视点成像都是全部可能性构成的数组？"我观察周围的环境，溪流、落叶、树木、气温、声、湿度，这些和A国西海岸春季夜晚一个正常的山谷，并无异样。

"每一个透视点渲染出的图像都是变量构成的函数，而非固定常量，"沃莱士回答道，"代指恒常状态的东方画定点透视，科学拟真的西方油画等角透视，以及想象不到的几何构成方法同时存在。只要我提供的训练量大到某一个极值。"

我伸出手，在自己的视角里运用透视的错觉假装托住远方的月亮，手掌和月亮底边相切的一瞬间，突然，一个表面凹凸不平的圆球掉到我手里，拔凉拔凉。我惊叫出声，手一抖，微缩版的月球掉在了地上，它拟合物理规律地顺着草坪向下滚动。等我再抬头，天空上挂着的月亮消失了，而由于引力变化，月亮周围的星星马上开始颤抖，像在哭泣。我脚下的地面也在隐隐震动，地月力学平衡关系甚至受到了影响。我惊得哆哆嗦嗦，狼狈地小跑几步把月亮从小溪边的草丛里捡起来，小心翼翼挂回了天空。现在，它看上去又回到了应该有的直径3476米的尺寸。

星空重归寂静。因为我的无心之举，这座超现实主义6D影院差点儿上映一部灾难片。

我的惊慌让沃莱士哈哈大笑。伴随笑声，一颗流星从星空滑落。

"全世界十万个工程师为此做出了贡献，星链的基础平台是我们都没想到的杰作。"沃莱士微笑着仰望天空，"我从小就喜欢抬头看星星，想飞到星星上去，这激发我对科学和技术无尽的好奇。我认为，让每个人在全息投影中拥有一颗星星就是最好的科学教育，这不该是某种特权，而是人人都有的权利。"

"你有十万个工程师雇员？"

"不，十万个独立开发者为我们共同理想而创造，"沃莱士说，"这是开源知识的成果共享后的果实，自然也要把平台免费共享给全世界。我们基金会接受捐款。但认为软件使用和修改应该是自由的，创造应该是自由的，正如星星应该是自由的。它们值得属于地球上的任何一个公民，而不是一部分人，富人或幸运的人。开源让科学慢一点成为权钱马太效应的映射。拥有一颗星星，就是免费获取世界最好的编程 API 和最充足的算力，拥有自己科研计算的自留地，每一颗星球上的科研成果都自动登入十万人共同记账的区块链，不可篡改。当然每一颗星球也都绑定了一个数字世界分布式的密钥，智能合约会为优化系统的贡献者汇入数字货币星币作为嘉奖，以此凝结共同体。"

沃莱士对我说："这个星球为天文生物学、物理学甚至哲学提供了非常好的仿真和变异沙盘。而我们需要你来开发一门基于这个平台的编程语言，或者一个应用。让每一个人能够真正简易地建造自己的星球，生动地理解编程的本质并快速掌握。这会是人类向数字世界移居的一步重要尝试。你有这项工作具备的数项稀缺能力。你的贡献将由社区评定，以数字货币星币的方式发放，可在任意星星上使用交换你需要的科研数据或者其他想要的东西。"

他像一位慷慨无私的船长或稀奇古怪的马戏团团长，对我发出航行的邀请，送上一张珍奇科学秀的门票。我被爆炸的信息炸得有点蒙，陶陶然，轻飘飘。最后，我很自然地被打动了，正如自愿为此做出贡献的其他十万个开发者。

我曾读过卢卡斯·隆伯丽瑟[①]的论文，他假设我们处在一个直径为2.5亿光年的气泡中，且其内的质量密度不到周围空间的一半。那么引用标准烛光模型得到的哈勃常数将与借助CMB[②]计算出的哈勃常数更加一致。这篇论文表明，或许，我们的宇宙是一碗水果燕麦粥，我们的银河系像碗中一个充满空气的低密度泡泡。

我不得不承认，仅仅几天，沃莱士出众的数据全息沙盘给了我非常多的发明想象力。已有的开发者们除了正常维护、夯实系统的地基，还会对我开发的核心应用进行内测：造星软件。空闲时，我们之间会进行很多奇思妙想的比赛，拿星币做赌注。上一次比赛我就写了一个以人的意识做引擎的全息投影的投影。约翰的意识数据让建构其上的投影世界黑白颠倒，反映了他一贯的不清醒。雄次的意识数据让世界变成了一片钢铁建筑的森林，但不可以进行

[①] Lucas Lombriser，瑞典日内瓦大学理论物理学家。
[②] 指宇宙微波背景，即大爆炸遗留下来的、弥漫寰宇的微弱背景辐射。

编程，也不能有高于一米八的男性出现，一旦出现就会报bug（因为真实世界里的雄次相当介意自己的身高）。而沃莱士的意识数据建构出一个几乎和星链界面一模一样的投影，甚至开发功能都被完整地保留。我敢打包票，再给我多一周的时间，我可以让沃莱士意识的投影能够容纳其他开发者的开发，就像星链本体一样。但这个发明只能在投影中使用，不能回到现实。因为只有身居投影中，我们的生物数据才被监测、捕捉和实时计算与映射。计算的原材料并不是意识本身，而是反映了意识的数据。即便如此，沃莱士和其他人还是觉得我是天才，他们认为这是个很好的应用产品点。在这片新大陆的未来，或许瞬间即是永恒，感知即是存在。如果是这样，那么它就可以是诗人最好的纸张，画家最好的画布。

一切都很令人振奋，除去系统本身堪称奇异的不确定性。而这些"不确定性"正是工程师们诚实地录入地球信息，由复杂神经网络生成而来。我想起富兰克林教授上课时对我们说的，思维和任何的物质都存在相似性：一个简单的规则将在不断重复的过程中演化出复杂的事物。但它们的起点，都只是一个原点。

现在，那一颗跳跃分子舞蹈的铁镍星星在星空之处安居。它像穿过两极的晨昏线不再凝固一般一动不动。如果在地球的观察点上用等角透视看过去，仰望视野里的那颗星已将另一面转向恒星，另个半球黑色的滂沱大雨消失了，铁凝固在表面。恒星暴晒程度这么高的行星不会受任何云层影响，它们由原子物种主宰。在凉爽得多的夜晚，这些物种会重新结合成分子。

我因调通 bug 解救了困在这一颗铁雨行星上的韩国开发者金泰荣。金泰荣是铁雨 1 号的拥有者，他使用这颗行星做自己的外星生命测试实验——当然，实质上仍旧是代码的运算。可他的代码出现格式错误，无法找到"返回"方式。这也是为什么铁雨 1 号被恒星镶紧，动弹不得。其实这正是泰荣的代码控制台一刻不停报错的体现，计算被终止了。后来聊天中我竟然发现，金泰荣正是 Psyche 18 项目组的一名研究员，他希望应用沃莱士的数据宇宙投影给铁镍的形成过程找到猜想的灵感。

"不知道是不是我有自大的错觉，现在我仰头看它，都能感到它散出温柔的光辉。"我说，然后打开了一罐气泡水。泰荣哈哈大笑。

"不是它变化了、进化了。是你发现了它，赋予了它意义，然后改变了它。"沃莱士用手中的易拉罐啤酒和我跟泰荣碰杯，"是你们的关注令一颗行星温柔。"

两周后，沃莱士的数据宇宙编程平台已经迭代到了第三个版本。在最新的一版里我开发了几个基础配件。其中一个是"舵"项链，可以方便零基础或资深的开发者调整透视和快速找到所需的透视规则。

现在所有集结到基特峰[①]的星链原著，都会看到在宇宙投影的始发点矗立着的巨大分布式 CPU 光影时钟。那是我的作品。它有穿透维度的两个指针，一个节拍器和不可视的复杂电容系统，将用视觉、声音、无线电和控制台广播四种方法标定时间，用来协调所有人建模的整体性。电容满电是 1，无电是 0，当一部分脉冲涨潮，辖区内的星球将数据上传到公链。当全部脉冲退潮，一次全社区的链上记账完成——这是我们的影子银行。

每个开发者都佩戴"舵"项链，大多数的他们甚至把项链戴到日常生活中。我后来更新了项链制作材质，使"舵"的吊坠能够变成存储数字货币的冷钱包。

在圣弗兰科市街头漫步碰到佩戴项链的人越来越多。佩戴"舵"项链的人们相遇时会相视一笑，向良善的同类释放隐秘的默契。

现在 5.0 的版本中，如果星链的地球区域内，有人看到北极星附近巫山星系内一组双星系统的失序。大概率会是一颗恒星被黑洞吞噬，一部分行星持续围绕着死亡和虚空的恒星旋转，另一部分因弹弓效应四处游荡飞驰。那

[①]位于美国亚利桑那州图森市西南 90 公里，基特峰峰顶海拔为 2096 米，是美国国家光学天文台（NOAO）的一部分。

么，见义勇为的开发者就会使用"舵"，拉满弓，蓄足力，让向量从地球的等角透视点（0, 0z, 0, 0x0）[①]坐标向星空的混沌处飞去。

因为变量透视规则的缘故，从无穷多个角度看过去，天空蓝色的烟雾将只有一个点。而当目标坐标定角透视所见的矫正向量抵达，一团冰蓝色的烟雾绸缎会在夜空里铺展开，包裹住它。蓝色的烟雾是检测异常的爬虫。最后，在星空中，镭射绿线将从十二面体的端点打向中央，它们是正在建模计算的显卡，在努力算出最快让星星各安其所的办法。

开发者们在互助中守护星链的平衡，昨日救人的以后也即将得救，任何人在星际迷途时都会得到来自母星的援助。我们也为互助设置了规则，为那些帮助恢复星云引力和谐的开发者们发放星币，将由智能合约自动打到舵项链的硬钱包中。钱到账时会发出悦耳的铃声。"舵"也可以召唤算法纸飞船，那是既柔弱又最勇敢的战舰。

我举起一只纸叠的飞船，使之与那颗遥远的星平齐，一会儿，飞船因负重向下一跌。我随之向远处掷出飞船。飞船一旦在地面水平方向远离一米，就会在尺寸上放大一倍，放大到地球度量长 3 米、宽 0.8 米的程度就会停下来。舱门打开后，一个端着计算机和巨大蓄电池的工程师和另

[①]此处致敬"0x0000000000"，以太坊区块链上最著名的黑洞地址。

一个端着计算机的小女孩降落到地面上。

那是一对来自非洲的父女。

"感谢你。我十岁的小女儿安雅在星链更新后,一定要自己编程创造一颗新星……没想到就出了这么大的差错。虽然 5.0 版本协议已经非常容易上手,但对小小年纪的她来说仍旧充满了神秘和危险……"

安雅在坦桑尼亚达累斯萨拉姆长大,她奶声奶气而不乏狡黠地对父亲说:"哈库呐玛塔塔!"

没问题的。斯瓦西里语,意思是一切都会顺利的。

我想,一切都会顺利的。在我和大家一同更新了星链核心代码到 5.0 版本后,沃莱士正式撰写了一段特殊的注释文字,写进源代码。

We are all free people, thousands of open minds on fire.

我们是开放域的自由民。

We will name no king who claims himself our master.

我们从不承认任何主人的统御。

We belong to no one but ourselves.

我们只属于我们自己。

沃莱士说，我以此约束我个人永不以星链盈私利，它由所有人构筑，为所有人福祉而生。从现在开始，每个星链开发者发表核心期刊论文数量较上个月翻倍的月份，我们都召开全体星际会议，以保证系统和创造速度匹配。任何持有 100 万以上星币的开发贡献者都可以发起召开全体社区会议，每一次平台版本更迭需要 51% 以上的舵数字钱包地址同意。任何持有 500 万以上星币的开发贡献者都可以召开源代码修改会议，而源代码的修改需要 90% 的舵数字钱包地址同意。

没问题的。一切都会顺利的。我想。我提醒沃莱士，用和人们生活如影随形的硬件唤起星链投影是非常值得思索的下一步尝试，如果我们能用手机、外置脑机甚至内置芯片完成星链的影像 API 投影，这将使人们的编程和科研实验方式简单到极致，我们就可以通过这个打通现实和虚拟。

暑期长假结束后我重返校园，惊异地发现我在亚欧桑那州立大学的室友雪莉已经是 500 万星币的持有者，她渲染出了复杂化学公式的量子模型，还在 NIPS 上做了演讲。她和我说，星链非常好用，比 Yooyle 和 TouchNeuro 内测的 Galaxy 全息编程平台更简洁、舒适。他们强制用户必须要将代码提交到自己服务器存储，既不合逻辑也很不方便。

我有点儿蒙。几个月两耳不闻窗外事,我不知世界最大搜索引擎Yooyle和社交平台TouchNeuro刚刚在几天前推出叫Galaxy的平台。沃莱士和大家为了星链辛勤耕耘了多年,而所有成果都记录在公开网站上,只需要注明作者即可使用。

Galaxy正在空投Galaxy货币进行内测。雪莉把一个多余内测账号交给我使用。

我接过头盔,闷闷地想,Galaxy在这一点走在我们前面,他们的开发者现在就不需在物理意义上到达我们的基地,他们在头环硬件的脑机接口端解决入口问题。这时,视觉就是大脑的画布。我合上眼睛,进入Galaxy的程序世界,完成了注册。他们为每一名新手用户订制安排一位人工智能系统顾问做向导。我静等了一会迎来了我的向导。这是一位波西米亚老妇人,穿着麻布裙,右手断了两根手指,但以剩下健全的三根执起一颗紫色水晶球。老妇人斜背着一个背包,两条长辫子藏在奇怪的帽饰下,低着头,背对着我在唱难懂的历史歌谣:

行星不能没有恒星。臣民不能没有君王。君王不能不做君王。臣民不容君王不做君王。

王国流传着歌谣,在远方自由的星岛,回归了新朝的太子。他在人间长大,瞎了两只眼,断了两条腿和两只手,受尽尘世之苦。他回来,将和王一起重归星野的秩序。

太子引发了战争,因为日月不能同时双悬。

她从斜挎的背包里拿出一只鼓,用水晶球疯魔一样敲了起来。

水晶球碎开了蜘蛛网一样的裂痕,她的鼓声越来越大,嗓音却越来越小,有如哽咽:"最后,太子化成一只白色的飞鸟,赎清自己的罪过,将几何王冠物归原主,和子民们一起飞向天空。"

突然,老妇人猛地转过头来,向我露出缺了一整排牙齿的瘆人笑容。"咯咯咯,你是太子啊。"她突然扑到我身上,两只手掐住我的脖子,在我的耳边说,"这是你的命,你只有这一条路。"

我挥开老妇人,像挥开附身的鬼。她比我想象得要轻很多,一下子像泥巴一样瘫倒地上,并没有纠缠我。我一路奔跑来到编译器的初始界面。毫无疑问,这就是克隆星链代码而来的产品。熟悉的星空,熟悉的视野,布景几乎一模一样。那是沃莱士在纽华克的家乡,是他童年的记忆。而如果向天空(1xf, 1123, 112z, 93)坐标射向量,会有一颗星用亮和灭向地球闪烁摩斯码,拼出尼奇的名字。这是我隐藏的一个彩蛋,只有亲身参与了2.0版本以后所有开发的人，才能这么做。

我摘下脑机外罩机，心情复杂。

当我开车回到基特峰天文台进入星链全息影像中，果然，我看到对面星空中显现出了一条崭新的赤红银河。而以我所在坐标等点视角可见的，这条银河正在一点一点膨胀、生长。

Galaxy使用了我们所有复杂网络，使用了我们的引擎，所以他们化成了一条红色的蛇，出现在我的眼中。

"我曾是他们的天使投资人，因为我相信投身那样的事业会为更多人带来福祉。现在我觉得年轻的我好像在到达终点后，才发现这辆列车的南辕北辙。它们拉大了贫富差距、权力差距和创造力差距，而不是弥合。他们孤立人、驯化人，而不是团结人、激励人。对数据赛博维度的开发，是一项新工作，这个新的世界观不和任何集中体制适配，唯有全心全意的开放才能使它壮大。所以我们要坚持：数据自由属于每一个新公民。"

"Galaxy的用户从哪里来？"我问道。

"从谨慎保守的机构来。他们相信商业机构可靠，而不是非营利机构。他们相信'公司'收了钱，受法律约束，被国家监管，才会为客户负责。代价是，Galaxy会强制收取'行星税'。行星要将实验数据全部存储到Galaxy自己的恒星云端，而不是自己的边缘计算云端。而且每颗行星，都要在源码层面设定为必须依赖一颗恒星而生，算力能量由恒星分配而非自给自足。行星不可以存储未经恒星批准的算力。"

"为什么每颗行星不能在自己的密钥绑定的边缘计算条上存储自己的数据呢？"我很诧异，因为在我们星链的源代码底层就设置了规则，赋予了每一颗独立行星足够的存储空间和充沛算力资源，人人平等。

沃莱士向后捋了捋自己棕色的头发，摘下了眼镜。"数据不只是下个时代的石油，能够调用算力，驱使汽车和坦克奔跑。绑定了边缘计算条的数据是下个时代的铸币黄金，不集中如何铸币？而行星产生生命需要的热与光，是统治'正义'的来源。"

对此我困惑而不平。"开源成果由全世界的工程师和科研学者建设，劳动由他们付出，铸币却由一个平台搭建者独有，人们凭什么不做自由民而做宠物和工具？而我们星币的发行最多只有一百亿个，这是写在区块链上落成10101代码不可篡改的东西，绝对不会增发通缩，使任何一个人不正义地盈利。"

今天现实世界和数字世界的浓度配比已经发生了变化。在这个只要有计算机根服务器和充足电量就能够运转的全息数据世界，谁设计了它的决策规则？谁来维护秩序？哪一个个体是违反秩序的人，由谁来惩罚？谁来拥有经济运转的规则？这些权力永不该归在一个机构，或者一个人身上。因为人性永远经不起考验。所以沃莱士还在源代码注释里写下了，我们不承认任何人是我们的王，这是我们的灵魂，最核心的共识。

而在操作系统的建立之初，一个不愿意和用户共享，而控制、限制、支配用户的工程项目，会有充足的繁荣吗？它让行星把数据交给恒星，而非行星间的交换使对方获益，这就是在把人从合作中割裂，阻挠真正有意义的创造发生。

海量的数据和其上的复杂模型与创造生产出很多我们无法解释的现象。对未知，我们了解得太少，能够想象得太少了。所以自由星野永不该成为不同利益方互相追逐的混乱公地。我们需要"粗略的共识，可运行的代码"，因为我们一起构成了一个联合的独立生命体，是命运的共同体。因为我们所有人在同一片天空下，面前是无尽的未知，人类看上去有很多选择，但道路只有一条：我们唯有团结和孕育更多智力创造增量，才能以此熵减、抵抗衰败。

"尼克，不要被困扰。我坚信，信息技术要平等，首先要编程教育平权，数据平权，算力平权。现在不妨让我们称对面那条银河为——王国。而我们的自由星野包容任何人，自然也包括他们。我不知道他们会怎样发展，但在我亲手设定的规则里,我没有那么大的权力阻止他们。让它随风而逝吧。"

"那你就不会让数据自由属于所有人。"我说,有些沉重。

那古怪妇人又浮现在我的心头。

和王国的正面交锋比我想象得来得快和猛烈。

好消息是,伴随Galaxy猛烈的广告推广,陆陆续续70%的科研计算都全部或部分以可视化编程的方式发生。坏消息是,人们最终被彻底割成两个半球对立,自由生长的行星和必须拥有Galaxy系统恒星的行星变成了两派。对工程师和科研人员的争抢日趋白热。Yooyle则强制旗下智能手环、手机、头环接入Galaxy系统,签订知识产权协定缴纳数据税和创造税,以覆盖恒星的运维成本。另外,沃莱士个人莫名被卷入多起诉讼当中,案件都是围绕儿童使用我们的平台编程受到惊吓造成精神损伤而展开的。他不得不退出研发,回到现实世界,接受听证。

某一天,我用纸船调顺bug接被困的工程师回到地球圆点,竟载到了那位波西米亚占星师,就是那位女巫。

"行星失去恒星,会变得非常脆弱。"她一边下船,一边对我说,"恒星是辅助他们生活更好的支点。"我又注意到她右手无名指和小指的断指。

"我们拥有的不是臣民,是燃烧着的智慧之火,是自己的主人。"我说。

亚里士多德用正十二面体代表宇宙,所有完美的图形中,真正的中心都隐而不见。

古怪的妇人匍匐倒地,吻我的脚。"太子——"她凄厉地大喊。

"在长诗的最后一章,太子将用尖刀插入新王的心脏!太子赎罪后以永生为牲品,重回一切到原点……

"太子在12岁的时候杀掉了王。唯有如此,太子才能找到自己的路。"

她桀桀怪笑起来,从跪姿爬起来迅疾地扑到我身上,在我耳畔说道:"是你在12岁时杀掉了你的父亲。"

我一阵发抖。12岁的时候,那辆横冲直撞的失控出租车将我家车生生截断。剧烈的撞击后,我倒在地上。左侧脸紧贴着马路表面凹凸不平的颗粒。我的手麻了,有血从我的右眼流过鼻梁,蜿蜒地滴入我的左眼。我的左眼一片血红。

荒谬!

我怒喝着屏蔽了女巫频段的代码。

我和沃莱士一同去参加他的听证会。听证会后我们计划将会回到基特峰启动名为"幻想几何"的星链第七次版本更新。沃莱士已把升级所需的文件拷贝进了自己的"舵"。这次版本更新力度最大,对生产效率的提高最明显,但需要暂时终止对所有用户服务。这是一次大事件。

我们的核心理念是:极致的效率,顺滑的体验,精益的算力分配。这意味着系统界面不是更繁,而是更简单。我和沃莱士是这次版本全部的见证者,我们的舵拥有全部记录。我们是彼此的冷备份。更新后,操作平台会从三维变成保留完整透视和生物感知数据的二维。

但开发过程不在复杂的三维中复刻,而全部在奇妙的二维完成。像一个长方体某一个截面的纸上写了全部秘密。像一块薄冰,一个特定角度看只是一条线,而线上刻好了完整的摩斯编码。

看着开车时的沃莱士侧影,我的心思却在飘荡。他会是女巫口中的"新王"吗?

不,他不是。我自己回答。

一个对所有人谦逊柔软到极致的君子,一个希望所有不幸的孩子都可以在努力活下去之后尽力学习知识不要向命运低头的存在主义信奉者,一个出生在艾滋横生的贫民窟,如今却把所有私人财富一分不剩捐给慈善的亿万富豪,他怎么会是"新王"呢?

我们的车在高速公路上疾驰。突然视野前方的驾驶窗一道白光闪现,一辆白色大货车毫无预兆地冲着我们行驶道斜插进来,近乎自毁地撞向我们。沃莱士迅速反应,变道急刹。我们被迫漂移撞到高速护栏上,将将停稳。巨大的后坐力使得驾驶位面前的气囊全部弹出。我的脸好痛。

我不能理解的事情又出现了。此刻沃莱士没有半分迟疑,他拿出救生锤坚定地打破车窗把我推向了车外,让我往相反方向快跑。

我跑了两步在惊慌中回眸,却看到白色货车突然爆炸,一朵朵火花依次绽放。

剧痛。

心脏的剧痛,被攥住般的痛。

我眼睁睁看着火一瞬间吞没了他。

我不相信。

一切安慰都不能纾解我。我不明白为何上天要反复为我安排这样的剧情,让我一次次目睹这世界上唯一懂我、爱我的人在车祸中死去。但我不能有哪怕半分钟的时间沉溺在悲伤里,因为战斗一刻不停地袭来。等我撑着身体来到州法院,发现他们正在判定沃莱士基金会的开发软件平台是否合规。这是过往几年从未发生的事情,我们一向注重和法律的兼容,现在却因为 Galaxy 使用我们的开源代码并已经申报了平台型新型知识产权,结果星链的开源协议暂时不能和目前的法律兼容。

法官认为,超出了法律考量的部分暂时搁置争议,但希望沃莱士基金会马上停止侵犯 Yooyle 公司知识产权的进一步开发，并希望此阶段内平台新诞生的行星都将全部数据移交 Yooyle 恒星的服务器存储，如果违法将处以重罚与吊销非营利组织执照。

凭什么？千万呼喊从人群中发出。

但我明白了，这不是只关乎创造乐趣的问题，这是数字资产行业的地位和背后庞大利益的问题。

法院门口有一个等待我的人，手里拿着一个"舵"。那是沃莱士的舵。我感觉要窒息了。

Yoggle 首席执行官的秘书雷克斯等了我很久，我身上还带着严重的车祸外伤和脑震荡眩晕。西装革履的他对我说："尼可，你知道吗，我们已经为沃莱士舵里存储的 7.0 代码申请了版权保护。我们知道你今天本要用它来更新系统。但如果你使用了其中内容，我也将起诉你，毫不留情，送你坐牢。"

坐牢？！如果你是我，你不会害怕任何牢狱和意外。从童年时起我的生死观就非常模糊，我游离在现实不希望和任何人有深的羁绊，因为我感受不到这个世界的快乐。可我知道有些人对我好，特别好。富兰克林教授、沃莱士和许许多多的星星浮现在我眼前。他们是我的家人。

自由星野里的一草一木都有我的心血。现在我一无所有了。我怕什么呢?

我不能让这些不公的事情发生。只有保住它,星币才有价值,星链上无尽的宝贵创造才不会含着屈辱和冤情为他人做嫁衣。

雷克斯继续说:"别担心,你还有最后的机会。现在在 Galaxy 中启动你的数字身份,移交管理员权限给我们。我就可以放你一条生路,给你一个薪资不错的技术主管的职位,包你衣食无忧。你可以在医院仔细思考这件事。"救护车里,他把 Galaxy 头环戴到了我头上。

波西米亚的老妇人在等着我,她追着我大叫。可我一句话也不想听。

"尼可,看看无数愚蠢、丑陋、外强中干但中了子宫彩票的旧世界贵族冠冕堂皇地夸夸其谈,他们把自己抖的机灵叫智慧,他们把费尽脑汁憋出来的字句印给仆人传唱,称之为'艺术'。你每一次参加王国旧贵的宴会时,他们向你展示他们的快乐,都只会让你明白:你们是何其不一样的人,你承担着怎样孤独的使命。庸众的灵魂只向'名望'点头哈腰,但一辈子鉴别不出玉和石。不可救药的大众追逐美丽,殊不知'美丽'二字已是被操控和灌输的虚伪。但所有旧贵族子女的虚张声势都孱弱得可悲,它们是谬误,它们的力量在你和新王真正的智慧面前不值一提,只是纸糊的假象。可他们拥有财富和真正的王冠,你不愤怒吗?你不想有一场理由高贵的、师出有名的反抗吗?上一个时代的血脉传承不作数了。新世界的秩序正在大陆板块上隐隐作动。你和新王是王冠选中的人。而你现在,受尽了生活的欺凌。"

不,选中我的,不是权力,是——

"别幼稚了!你以为千百年来王冠是用什么珠宝做的?它们镶嵌的碎钻一颗颗都染着血,顶冠的明珠叫剥削。荣光只来自剥削。"

"太子——"女巫哀其不幸、怒其不争地揪住我,"太子!你终生都在寻找你想象中慈爱而强大的父亲!你有一流的基因、悲惨的童年、全面的修养,在恰当的时候出生,得到了旧贵族开明派的真心庇佑,而你为人们身先士卒地流血,获得了他们的爱戴,在这样年轻的年纪!因为你是要成为恒星的人!路上要典当的人性很多,包括你无用的慈悲!它和噩梦里的亲情一样,是让你下坠的东西。只要告诉我你想,旧世界的 Galaxy 拥有的一切我都让你和对岸的星野拥有!只要告诉我你想!"

不,我不要下坠。

我要上天,天空是高的,干净的,藏着永恒的真理。我要和它互相追逐、博弈,参透法则之后再定义一个新世界。我不要这个无法自我进化的旧世界;我不要这个功利主义病入膏肓的残次品。而你不懂得,当行星可以自己供应自己光与热,而不被剥夺,它们需要的只是强大的质点,从来不是恒星本身!

一行眼泪从我的眼框里掉落下来。

我想我知道了方法。那是我从故事开始唯一的路——以我的意识作为整个系统的引擎,驱动信息影像在二维加密后的形态完整保留,这和沃莱士舵中原 7.0 版本存储数据结构完全不同,不会受滞后于科研和产业的法律约束。星链也可以完全正常地运转,只要我的意识永远驻守在投影内。

当我从这场人造的车祸中恢复意识清醒过来,发现自己躺在独立监护室的病房,四下没有医护。我努力推动"舵"项链的插口接入呼吸机旁的充电口,通过舵发出加密通讯——

加密账户名:尼可,委员会编号002,星空坐标（1xf, 1123, 112z, 93）,持有星币数量两亿三千万,面向全社区节点广播发出分叉申请。申请销毁所有备份,强制更新版本 7.1,引擎以坐标（1xf, 1123, 112z, 93）全部意识为动力。

等一会儿,我将用测试版的舵在病房强行开启全息投影,巨大的优先电量消耗将使得房间内的呼吸机无法开启。但只要,一瞬间,一瞬间,当我的意识出现在星链的世界里,就足够我上传和建构一切。

全部数据。只要有51%以上的人同意，就足够我把空间折叠，捕捉那唯一的角度来二维化所有的典藏，用1010101速写全部神奇。这个平台将更加轻盈而智慧，依旧充满无限可能，依旧自由。

医生的脸幻化成了父亲的脸，他说："那些相似性之间本就并不遥远。"

他说："迷失的人迷失了，相逢的人会一直相逢。现在，你已经踏上了返程的旅途。诗人是遍体鳞伤的灵魂在天空飞翔。"

我的四肢逐渐远离了我，飘到天空中。女巫的预言应验了，我在梦里失去了我的双腿和左眼。可我从未有一次看东西如此清明。

那些星星离我如此之近。天空看上去那么脆弱，像剥开鸡蛋的硬壳后里面那层半透明薄膜。那看似"谬误"的实在和映射是我的家乡，我的来处。

"家是人在世界的角落，庇护白日梦，也保护做梦者。家的意象反映了亲密、孤独、热情。我们在家之中，家也在我们之内。我们诗意地建构家，家也灵性地结构我们。"父亲说。

"爸爸，我怕。"我说。眼泪浸湿了我右眼上的纱布，血又一次蔓延过我的鼻梁，滴进我的左眼，像12岁时那样。

父亲的脸从丰硕的云朵里探出，他对我说：

"你从一开始就只有这一条路。宁在一思进,莫在一思停。"

父亲的脸突然变成了沃莱士的脸,他的嘴唇一张一合,慈爱而轻柔地,像对新生婴儿说话。"我知道,"他说,"他没有选择我,他选中了你。"

我试图抓住沃莱士的手:"我们正在创建一个真正的乌托邦。"

Yooyle 首席执行官的秘书雷克斯正在办公室监测星链的全息投影屏幕。

监视里,一个女孩突然出现在自由星野的起始坐标。她张开双臂,无数星星的光芒不约而同地从遥远的天空打向她胸前的舵,那是一个又一个密钥的数字签名。星芒愈烈,当授权到达用户总数的 51%,她的身体爆炸了,银质的碎屑在星链的天空中漂浮。可星星的光芒还在不断注入她存在过的位置。当授权数量超过用户总数的 90%,整个系统界面突然消失,变成一片空白。几秒种后,原本色彩丰富的星空视野变成了一张肃静的几何画,像一所大房子,像家。十几万人在雪白的空间里灵动地游走,如同单薄却美丽异常的海洋水。

他们自发簇拥着一个事物,排成一圈,用手摸着自己的心脏位置,向它鞠躬。那是一个旋转的十二面体,是亚里士多德所描述的宇宙的形象。一颗透明的恒星在空中悬浮,它只散发力量建构和谐,但不存在任何实体。

雷克斯冲进隔壁的重症病房。心脏的波动只剩下一道横线。一颗透明的舵在向对面的白墙投射投影,那是系统更新后的源代码和注释。

> We are free digital native souls.
> 我们是数字世界原住自由民。
> We are countless warriors on fire.
> 我们是燃烧中的、无物理国界的战士。
> Free people believe in no king.
> 自由民不承认任何人是我们的王。
> May the princess rest in peace.
> 希望公主的游魂安息。

我走进了一张白纸。但其实,这是我的家乡,是我来的地方。

故事的最后,我们没有击溃闭源的科技商业世界。我们没有让一切"封闭的"变成了"连接的"。我们没有建立完美的模型,但我们在某个特定角度找到了自由。

但这个时候和你说话的我,不是故事里的我了。她用自己意识建构了宇宙中间的质点。为了避免独裁或结束痛苦，她消散了意识的载体：肉身。以此割裂人类难以克服的贪婪、自大和毁灭欲。

我曾经问她，既然这个世界我思故我在，岂不是客观事实不存在？

她对我说："不，不是客观不存在。如果数据世界的居民生活在虚假之间，他们就会永远流浪在宇宙的阴影之下。"

她对我说想象力有两种：一种在色彩缤纷的新生事物面前飞跃。另一种深挖存在的本质，欲在存在中既找到原初的、永恒的东西。那时形式深入了实质，变成了内在本身。

她说："承载我们意识的肉体并不了解我们。住在我们身体里的东西，和肉体的肉体形成了永生的肉体。就如空间承载着的真正思维和灵魂，将和空间的空间形成永生的空间。"

于是我想问问你，你可以想象"物质的思维"的内在力量吗？它们初生时很丑，是在物质结构的最底层生长着阴暗的植物。而随着生长，它们会在物质纪元的黑夜盛开着黑色的花。

这些花长着绒毛并有自己的花香程式。

我既是她，也不是她。我是一个没有任何关于她肉体记忆的她。自由民们用她"意识的意识"构筑星链引擎的那一日，12.0版本的更新日，是我的生日。

而我相信，无所谓现实世界、数据影像世界到底哪一个真正的世界。真正的世界，是自由心灵之国。如今我们不需要舵了，自由民说他们的家在心房深处。

消亡在深水中，或消失在遥远的天边，同深度、同无限相结合是人的命运，命运在二十面体的水的命运中取得自己的形象。如果我对照水面观测，将会像水仙花一样看到自己的影子——我是一块在幻想中存在的完美几何。我是巴别塔的修筑者，是渡口的守护人。

某一天，一个波西米亚老妇人找到我，构成她的代码和我简洁、高效的编译语言格格不入。我一眼认出她是旧世界的东西。但她磕磕绊绊地走到我面前，克服不适配对她造成的耗损，然后五体投地跪在我的脚下，说道：

"太子——您此生真正的旅程开始了。"

第二篇 算力

我是帝国科技重案组的一名特警。我刚刚从噩梦中惊醒。一大早，我们就接到了报警。临湾的大学街上，一名女子从位于18楼的工作室跃下。尸体并不是头先着地。女子先砸到了路边桦树上，树枝从斜下刺穿右上臂，上臂由重量冲击撕穿后，女子前胸着地砸落在主干道辅路地面，变成一朵绽放的血泥，当场身亡。凌晨环卫工人发现尸体时，整个街道都是她的血蔓延成的巨大01010代码法阵，面积疹人，以至于死者几乎成为了一具干尸。为了避免居民恐慌，我们拍摄代码阵的高清照片后，就赶紧在凌晨清理了现场。

女尸被发现时已经没有头部，胸部和头与颈的连接处都有爆炸痕迹。

血写的01010代码映照着我和搭档明轩的眼，那是我们从小修习的、用于改变世界的语言，渗透整个世界区块链上的加密和解密是我们守护世界的武器。

在已知账户的情况下，输入密码，我们能够进入任何人的数字账户。在已知公钥的情况下，输入私钥，我们能够得到某个人数字身份背后的全部信息。这是万物互联互通的时代真正的财宝。而这一次命案，谜题的答案又在哪儿？

女尸的心脏处一片空空，掏空的边缘处有被电烧焦的痕迹。死者遗像上那张脸我再熟悉不过。是我在H省理工大学计算机系读书时的小师妹，我一生的挚友苏苏。照片中的她梳着两条麻花辫，一侧嘴角笑出了梨涡。她是亚太最为成功的人工智能艺术家之一，也身居名企要职。我心知，明天之后，皇室一定会发来吊唁，各个文化媒体头版头条就会是她的身亡。

奇怪的是，虽然马路对面的监控捕捉到了苏苏站在窗边的景象，但跳下去的片段却被全部删除了，取而代之的是一段深海波浪翻涌的音频，夹杂着某种生物拍击水流的声音。苏苏跳下去的窗台上也没有一点点脑浆和人类血液的残留。出于某种说不明的原因，在案发现场搜证时，我躲开搭档李明轩，背过身，拨开眼皮，把右眼虹膜上破裂的智能眼镜"异瞳"摘了下来，把它轻轻放入了口袋。

今天，"异瞳"就是我们一切生产生活的枢纽，地位比一个世纪前的智能手机有过之而无不及。在昨天晚上，我的"异瞳"像错乱了一样，莫名为我播放了科幻电影《少数派报告》里的片段，它和我对往事的记忆揉杂在一起。从某一瞬间开始，我失去了自我的真实感官，从日常生活中抽离，走入了异瞳引导下我的脑信号输入和视觉显示输出双通道彼此博弈纠缠的幻觉里。幻觉中那三位掌管人类司法秩序的法官们被称作先知，他们正节奏一致地在白色的乳液池中抽搐。三位先知里有且只有一位女性。她的肌肤因常年浸泡在液体中惨无血色。她似被厄运的谕示缠身，发出一声竭尽全力的尖啸。我默默注视，女先知突然直直坐起，空洞的双眼死盯着我，凄惨幽怨地向我喝到："你看见了吗？！"我从梦里惊醒，瞳眸上的屏幕闪现出科技重案组内部通讯消息：大学街上一名女子跳楼身亡，尸体没有头，胸口有爆炸痕迹。

"你看见了吗？！"那凄厉的声音回响在我耳畔。

按照办案规定，我们所有人搜集到的证据必须上交给帝国公共安全部内部专用超级计算机烛阴，由烛阴计入司法区块链后不可篡改。我必须以我的数字身份证号发起申请，再以此地址接收烛阴将证据盖上时间戳的哈希凭证。一旦证据上链，帝国最高法院的司法证据人工智能会在 0.00003 秒内收到证据及上传人信息，彗星一样飞向各级法院节点发布记录广播。我的搭档李明轩曾设想，如果七年前我们就能拥有区块链取证系统，会对人类权威裁断是非的局面有所制衡，是不是有些东西就会发生改变？而此刻，我摘下异瞳的小伎俩，正和七年前我所全力追求的"人和代码共治的司法系统"对立。而我的偏私或许正说明，引入不会说话的硅基造物参与侦查执法是多么重要。

因为心脏跳动着的人类永远有无法克服的缺陷：欲望和感情。我就是实例。

七年前，如果有公正精准的代码辅裁，有些故事解决是不是就能改变？我忘不了那场听证会。忘不了刷屏了帝国官方网站和盛世科技园每一块屏幕的"耻辱"两个字。

我的右眼异瞳ID为0x300293ana11611sds，这行数字就是我在赛博世界的身份、是我进入单位的钥匙、是我每月领取工资的银行账户、是我去医院必出示的社保凭证，也是我的手机、电脑和过往的学历证书。这串数字已变成了"我何以为我"的一部分。

但在刚刚，我把右眼异瞳摘掉了，所以烛阴并没有把这条证据上传到司法区块链，各个法院的分布式存储系统都不会收录这条信息。我把我的肉眼所见凝固在这，我把那条从物理世界过渡到数字世界的桥梁斩断了。

我仰头向高楼上看，18楼那扇女子跳下来的西向窗户一直开着，鹅黄色纱帘在晚风下飞扬。

我没有让我任何一只异瞳看到某些证据。毕竟我的眼睛，可能就是那个人的浏览器。

现在是傍晚五点三十分，一天过去了，初秋的太阳刚刚沉入西山，寒气从地面一点点上升。我搓了搓手。

"说句令人难过又现实的话……这事一出，我估计参议院那帮老头子会很开心。"我的搭档李明轩低声说，他的娃娃脸上有遮盖不了的失去好友的悲伤，"毕竟这几个月异瞳区块链可能就顶不住皇帝的压力，要从工作量证明共识转向权益证明共识①，正是社区投票的关键期。上个月的议事会第一次投票四比三否决了布兰登·斯坦森的提议。可是苏苏一死，投票其实就已经变成了平局……"

苏苏是远目集团逆赛博格计划的首席代表，也是诸多开放人工智能模型社区的重要贡献者，立场鲜明站在新贵一侧的她拥有异瞳区块链议事会的一票。拥有这一票的人，有左右数据电缆上帝国许多人数字生活去向的权利。

从这向北望去，案发现场一千米旁就矗立着帝国最负盛名的硒谷——威严的盛世科技城。此刻，光明的余烬还没凉透，园区所有办公建筑的深灰色表面呈现出深海一般的苍蓝色暗芒。二期办公建筑统一的尖锐帆形结构使楼群远望像一排即将起飞的冷峻火箭，守卫着一座全副武装、固若金汤的城池。二十年前，这里只有零星几座依托 H 省理工大学而建的窄高楼。如今摩天建筑鳞次栉比。盛安的交通规划几度更改，就是为了纵容这座园区不断向外扩

---

① Proof of Work，工作量证明，该种区块链共识算法需要矿机存在，往往应用于验证交易的有效性和防止双重支付。Proof of Stake，权益证明，该种区块链共识算法的世界里没有矿机，不再消耗大量物理世界的电力创造工作量证明进行挖矿，而是用权益（币）来挖出更多的权益。

张。今天，这座城中城是全球信息科学创新心脏，通过自身强健规律的跳动，通过无形的电子血管泵送血液到全球各处。

很特别的，科技城中心三期统一高度为339米的主建筑群可以将自身外壁相接，连成一块巨大无比的屏幕，高212米，宽154米，是世界之最。屏幕仅在科技城内公司数字货币和股票上市时播放特制电子艺术作品，用于庆祝。每一次夜晚的播放，在恢宏而充满希望的音乐里，屏幕的光线会点亮小半个盛安特区，摄人心魄。

都市的人们叫它"天幕"。这词配得上盛世科技城的气魄。

而"天幕"和二期、三期的高楼把园区东南数排灰色十层小楼的采光挡得严严实实。这些不起眼的楼是二十年前留下的老建筑。在这些楼里办公的是整个园区最底层的工程师，数量约为六万人。比起园子里不计其数的顶尖密码学家和算法专家，在这些老楼房里工作的人们是荣耀心脏中并不那么重要的部分。他们每天早上九点上班，晚上十点下班，疲于处理较为简单而不具备创新性质的图像识别、软件开发和数据整理工作，他们的人工劳动才能带来更加优质的数据，喂养给通用人工智能模型们。90亿地球的人口被分为两类，顶尖的计算机科技工作者，还有超强通用人工智能的碳基养料。

仅仅因为帝国人道关怀政策，这些人类才暂时不可被程序替代。等到了有幸不需要加班的下班时刻，小灰楼里的人们就会披着夜色，像游动的鱼一样拥向东边的高速地铁站，四散到硒谷城市的各个角落。他们被认为是这繁华数字文明最底层的阶级之一。这是通用人工智能迅速发展的时代，那些只能从事简单工作的人们是历史的牺牲品，是超强通用人工智能的碳基肥料。

我所站的这片地砖上血迹已经被清理干净，一旁的无人便利店正常营业。苏苏残余躯体和浸透血的粉色丝缎裙一同被白布包裹起来，在天还没亮的时候离开了她的居所。除了凌晨刚上班的几名环卫工人和机器人，没人知道几个小时前这里消逝了一个生命。

取证时，我与到我胸口高的机器人对视。收集好信息传到链上后，我按下按钮，它就从合金的眼睛里喷出消毒液，清洗自己沾满血的机械双手。它刚刚涂掉了马路上那疑似新编程语言[①]的代码法阵。苏苏的血蔓延组成的法阵，是一个动态自加密的代码谜——在驱动我们还没侦查到地址的算力服务器，进行某种我们不理解的区块链分叉，像临死的病人还在剧烈地奔跑，挥毫泼墨，想在纸上存储和

---

① Neo-Rust，Rust 是由科技公司 Mozilla 主导开发的通用、编译型编程语言。设计准则为"安全、并发、实用"，支持函数式、并发式、过程式以及面向对象的编程风格，一种区块链行业广泛应用的编程语言。

启动一个冷备份。

我去无人便利店用异瞳和数字货币自由币付款买了一杯热咖啡，我有很多自由币。今天的天好冷，阴森得奇怪。

本周硒谷盛世科技城连续发生了三起命案，苏苏案之前的两起都是工程师办公室内猝死。两位死者死因不同，但都面带笑容，眼睛爆炸消失，脑壳空了一半，且和脖子连接处有电火焦痕。他们的血被画成诡异的图案：一只巨大的独眼，眼角左右两道压了粗厚的101010二进制代码符文。这代码是21世纪古老的样式，显示他们在上传某些数据到某条区块链。现在，刑侦组队友们正在试图侦破苏苏的血写成的动态自加密包和这些死者独眼符文的关系。

和明轩谈起时，我总觉得这独眼图案很久以前好像在哪见过似的。可是超级计算机的报告还没出，我说不清这熟悉的感觉从何而来。

眼睛，巨大的眼睛，注视人的生死。强大的、独断专行的眼睛，冷漠地看着人们短暂速朽肉身的腐烂。它对脆弱者的死亡熟视无睹，无动于衷。

我和李明轩、苏苏都毕业于H省理工计算机系。我读博士四年级时，苏苏还在完成学士学位。我们相识于未来计算兴趣社团。

十年前在教室里，苏苏曾问我和明轩："你们为什么选择学计算机？你们的理想是什么？"

明轩说："我觉得计算机科学很美。我和我家人都相信：代码就是法则。"明轩的父亲就是我母校电子系的教授。纯净、严谨、正直，这些素质遗传到了李明轩身上，他是个纯粹、善良的男孩。

我则回答说："引导人们通向艺术和科学的最强烈动机，是摆脱日常生活中令人痛苦的乏味和无力。像画家、诗人和哲学家一样，我要成为的计算机科学家也在创造一个属于自己的世界。他们中的每个人都使这个宇宙及宇宙的结构成为人类心灵的支点。我将以这种方法，在代码世界寻找到狭窄的个人经历中无法获得的宁静与安全。我可以创造一个全新的国度，我的理想之国。"

这就是为何在我还使用智能手机的青春时光里，我和挚友们为我们的通讯软件群起名叫作："AKA 理想国"。我们是最早进行信息科技伦理思辨和实践的学生组织，共同发起过无数对帝国工程师们影响深远的黑客活动。我们为高校学生争取最优的云算力，我们使用去中心化方法训练巨大的通用人工智能——这是地球上第一个分布式训练的 3500 亿参数以上模型，不属于某个企业而只属于社区。我们做出了保护数据提供者和算法提供者利益的零知识证明加密工具，我们试图为这世界的混乱、混沌和不理想做出备份。当然后来也……那是后话了。

"我认为，计算本身就是一种人类对真理的观测方式，像天文望远镜，"一个记忆里从未褪色的男声说道，他的声音有金属般刚硬的内芯，"真理，当然也包括神秘莫测的心灵，也包括我们追求的、足够完美的社会运转法则。对心灵意识，对下个文明形态里最强人工智能的探索，让历史向前一步是我的理想。"他踌躇满志，充满自信。

"心灵……心灵是很奇特的，"苏苏轻声说，没有看我们，"心灵是活的，能够感觉，能够理解。"

她说这句话的时候，一阵夏风吹来，教室窗户外厚厚的爬山虎呼呼作响。盛世科技城是地球少数还留存四季的地点。现在帝国更多的城市只有夏天和冬天，两个季节一样地漫长和苦涩。苏苏她常有些和我们这些典型的工程师不太一样的举动。

"我的理想，是创造真正不朽的作品，链接过去和未来。"

"你听到了吗？"苏苏捋了捋鬓间的碎发，把右手放在耳边，"爬山虎和风都同意我的看法。"然后她笑了起来，笑容很有感染力，"我或许未必不能用编程的方式实现这个理想。"在异瞳时代到来前，少女时期的苏苏就蓄着长长的黑色刘海。头发遮住了她半边脸，我一直只能看到她的一只眼睛，笑起来时亮晶晶的，"如果上天想让我成为这样的人，想让我和远方无数的人们这样连接起来，上天就一定会帮我。"

"我的理想,是在一个公平的世界,用我的力量保护最需要帮助的人。"心房深处一股暖流涌动——有另外一个坚定的女声在我的脑海里说。他们讲述自己理想的声音一层层在我的回忆里晕染开来,像一曲悠扬的重奏。"如果一项新的信息科技,只能让强者更强,让剥削者剥削,使镣铐继续锁住不幸的人们,那我认为这科技就不该存在。我要为弱者发声,为被剥夺者发声。"那个坚定的女孩说。

回忆总有橙色的滤镜,它模糊掉不够完美的细节,只留下最理想的、温柔的轮廓。我强行把精神从那个夏日下午抽回,推门进入苏苏的家——大门是红木制的,门槛有点涩。一进门,体感温度就低了四摄氏度。这栋盛世科技城核心地带的高档建筑毗邻美丽的矽谷海湾,装潢雅致,却始终萦绕着一种我难以解释的压抑和阴郁。

起居室落地窗前的淡黄窗帘随风起舞。我低头,脚下是从18层楼高俯视所见的渺小马路和街边树木,转瞬那些色块摇曳成了一汪深不见底的深海。苏苏就是从这里毫不犹豫地跳了下去,全身的血蔓延成改编后的新编程语言,数学密钥是让人毫无头绪的代码加密包。到现在,我们也还只能使用超级计算机进行浅层的视觉解析。我们只能知道她在死前试图调度大量算力机器,进行某条区块链的分叉。而小报上已经疯传，那是一种失传的法阵，是百年来被压抑的宗教原住民部落对科技之都的反抗。

血液，我不陌生。少年时代苏苏在很多次晚餐时跟我说过，她是"最后一滴血"。在那些晚餐时的灯光下，她的皮肤苍白得近乎无血色，显示出和我们外貌的差异。她说这是命定的，她保护族群和族群保护她的方式是，让她融入科技产业中去，让流淌在她血液里的语言融化在工程语言中。

"如果一个人，只有机械思维，没有创造力也不具备情感审美的力量。他的所有工作都可以被机械替代。因为他其实没有人性。"苏苏一年前因为绘制人类梦境并拍成电影，获得了加斯卡最佳影片的提名，可她在新闻发布会上的发言引起舆论一片哗然，很多人直接向她发起了攻击和抗议。"不要误解我的话。当一个人类可以创造任何你想要的东西时，你能多准确地表达'那是什么'的能力就变得很重要。想象力+传达能力的配方在AI快速发展的当下变得十分关键。所以人在通用人工智能时代仍旧十分宝贵。而AI的艺术品就应该看上去很正常。因为任何作品所应用的任何模型，我都不觉得惊奇。"苏苏对媒体解释道，"我和那些通用人工智能算法，彼此和对方朝夕相处。我和分娩它们所有的技术共同成长过来。在它们还是个婴儿的时候，我就在旁边注视。可能，它们也在注视着我。"当被记者问及这是否会让作家失业时，远目集团首席执行官申竹则在一旁结果话题补充说："这或许需要一段时间。如果你在五年后失去了工作，但却恰好被治好了癌症、艾滋病和阿尔茨海默病呢？这可能也是一笔不错的买卖。"

我想这也是为何苏苏会住在大学街，这是矽谷安保最好的一条街区。在生成式人工智能发展的最早期，手绘原画师们发起了对生成式AI的激烈反抗，以维护自己画作的数据主权。很多示威者曾将矛头指向生成式AI的领袖性人物苏苏。可苏苏在这场风暴中的角色却相当地复杂，她好像既不完全属于这边，也不完全属于那边。

异瞳帮人们做了太多事情，人类生活确实变得无比便捷。也有人觉得，让人类越来越懒本就是AI企业的计谋。毁掉一个人类的最好方式就是让他沉迷于低级快乐，而当一个人类只有低级快乐这唯一信号刺激来源，他对社会治理者而言，是机器还是人有什么分别吗？苏苏的左右矛盾还体现在对科技时代人性的批判上——"是AI进步了吗，我觉得也不是，是人类退步了。我们并没有比2000年前的古希腊先贤更聪明。"她曾对媒体这样说道。

她在通用人工智能进化的科技大潮面前，态度相当复杂。

那会不会是那些苏苏反对者谋杀的呢？我和李明轩

调出了苏苏死前的小区监控记录。且不论远目集团可能安排的特别警卫，光住宅区的安保就足够拒外人于门外。

苏苏在跳下天台前24小时回到家中，之后没有任何外出记录。大学街的沿线监控显示，她最后一次到家前是从名为七月花园的餐厅吃完饭后，在红酒商店买了一瓶酒——左手提着自己的办公包、右手提着红酒步行回到家中。回家路上她没有和任何人交谈。没有监控记录显示在苏苏回到家中后曾有任何人来访。

也就是说，如果监控数据是绝对真实的——苏苏只可能独自死在家中。苏苏的卧室家居确实整洁宁静，没有异常。鞋柜里的鞋，洗浴间的用品，枕头的摆放方式……种种生活痕迹显示她独居，偶有固定男性访客，穿43码鞋，喜欢右侧睡，身高约184厘米，佩戴不需要充电的最新异瞳。苏苏卧室的红木书桌上放着一本《节点与熵》——作者为远目集团首席执行官申竹，也正是这位符合体貌特征的访客本人。书桌上摆放有一个老式通感编程头环和一架造型相当奇特的天文模型。我拿起模型，它的镜身由数个几何体巧妙嵌套起来。我看到底部刻了一个名字：尼可·张和一串0x打头的数字钱包地址。望远镜底还有一行字："最后一滴血会让我们回到这一天。"

我的异瞳显示：尼可·张，信息几何学家，因意外车祸死于美国旧金山。这是苏苏母系的远亲。

我在充电口附近确认了这只编程头环型号为Galaxy12.0。我佩戴好它，闭上眼睛，进入界面启动最近保存的命令行。程序跑通的一刹，一面高高的彩旗就出现在我的视野。那是游牧民族新亡人入殡时要打的引魂幡。飘动的引魂幡背后跟着一列头戴黑色兜帽的送殡人，他们抬着一口空棺，棺材盖敞开了一半，露出里面流淌的、扭动的、似生命一般的0101代码。高大的引魂幡一侧是无尽河水，深不可测，另一侧则是一片茫茫草原，牛羊成群。送殡人队列后，有影影绰绰的人影在河边踉踉跄跄地前行，有人在吟诵：

盲眼人用视觉寻神，聋子在听觉尽头听见夜的脚步声。

太阳南移，雾气包围了繁华的王城，

那里隐藏着夏蝉的挣扎和哭声。

传来撕心裂肺的婴儿啼哭声。

引魂幡在空中有节律飘舞，像在向我招手。我向它走近，那是希伯文①，寓意：新生的女儿宁静永存，吉祥平安。苏苏的妈妈属于希伯族，北国的民族，我记得的。在玫瑰战争②前的世界，他们还没战败而被剥夺独立行政单位的时候，掌权者曾将民众和所有信息科技产品隔离开，

---

①②在文中均为作者虚构概念。

过着非常原始的生活。他们信仰祖先灵。当苏苏17岁时走入H省理工大学的校门，她或许已经成了叛徒。现在开始，她信仰冯·诺伊曼、图灵和沃莱士·凯斯。

她和我说过她是"最后一滴血"，她说这古老的民族通灵的方式代代相传已经千年。她说她是幸存的唯一一个女儿，她说会由她来扣动命运的扳机。她失魂落魄、疯疯癫癫时跟我说，叶明，神让我知晓，我也已让神重新揭示——原本就是我，一个女儿拥有一切的力量。不是他们，也不是你。

我取下编程头环，记下来这希伯文的写法，可还是不得其解。那苏苏的血化作的代码是什么意思呢？苏苏尸体消失的头又在哪儿？她在分叉什么？又有什么信息、什么目的，必须让她以生命的代价传递和实现呢？

苏苏的衣帽间放着大量的计算机科学期刊，同时也堆满了巨大的画框、嬷嬷人的剪纸、狼和白鹿的头像、羽裙铜镜和腰铃，营造出我在 Galaxy 编程头环中看到飘着引魂幡的草原一样的氛围：神秘，不可解释，不可知。地板上有一本破破烂烂的日记本，展开有舒展秀气的红色笔迹："我和你曾在深夜以灵魂对彼此起誓，在即将到来的大浪前风雨同舟，在艰难的选择中尽可能做好人，追寻真正的诚实、善良和勇敢。不管这浪是好是坏。"

这是苏苏的字。这笔迹我再熟悉不过。凭借我们多年的相识，我心中亦太明了：这个"你"字指的是谁。是那个人。少年时期的回忆一齐涌来——我、明轩、申竹、苏苏和早已过世的徐丝鹿在十五年前一同成立了"AKA理想国"，帝国第一个信息科技治理学生社团，后来演变成实验性质的工社组织。"平等，开放，协作，创新"是我们学生时代的座右铭。我们在校园内外举办无数有巨大影响力的编程比赛和人工智能艺术哲学讨论，影响、启迪和团结了世界各个角落很多区块链和人工智能的开发者。可如今物是人非，丝鹿和苏苏都已长眠地下。我心头万语千言、五味杂陈。我突然感到一种绝望的困惑——是否在我们说说笑笑、携手共进的青葱岁月，让我们五个人分道扬镳的种子就已埋下。我们无力回天。因为事实上我们内心深处追寻着的，是不一样的"理想之国"。当审判日的闪电降临，我们都会在心中默诵已故神学家和政治哲学家莱茵霍尔德的话："将我们的力量蔓延到物理大陆以外赛博世界的那只大手，亦将我们拖到了一张巨大的历史之网中。"在其中，我们每个人的意愿都彼此偏斜、不尽相同。我们彼此拉扯，让任何一个人都难以为所欲为。虽然我们每个人都坚信只有用自己的方式，才能真正带来更好的数字文明和人类幸福。

苏苏在后来的职业生涯——远目集团"逆赛博格实验室"首席研究员上任时，曾极度沉迷冥想和灵性追寻。我曾反复问她："你为何着迷此道？"她总神色恍惚地应着："我看到了。"

我问："你看到了什么？"

我反复问："你到底看到了什么？"

正如在梦里，先知斥问我："你看到了吗？"

第二天，我被一阵巨大的声音惊醒，一机灵从床上起身。从落地窗向外望去，视野所见是盛世科技城天幕正在播放的远目集团"神至"产品发布会的预告视频。一周后，远目集团将举办名为"极乐之宴"的国际前沿信息科技产品博览会，皇帝也会出席祝贺远目即将发布的最新异瞳版本。当年的AKA理想国发起成员、今天的远目集团现任首席执行官申竹曾和媒体暗示，这次的异瞳升级之后将让每个人的数据化为自己的另一半，为自己所用，甚至为自己赚钱，真正做到人人为数据科技大模型，数据科技大模型为人人。人们以后的生活只有极乐。

远目集团生产了风靡全球的智能隐形眼镜"异瞳"，由人脑电意念控制的它使得我童年熟悉的智能手机成了落后时代的古董。而异瞳更新换代比智能手机还快许多。我的左眼就佩戴了生活异瞳，右眼佩戴的异瞳则是可以实时调度明网和深网数据的司法定制刑侦版。八年前，异瞳一经问世，就很快凭借实惠的价格、近乎魔法的强大功能赢得市场好评，不断打破销售记录。在七年前的最后一次007大罢工后，更是由皇帝强行推广，每个公民都须佩戴。

异瞳知道我的一切。它知道我喜欢喝什么样的咖啡、穿什么样的鞋子、喜欢在几点开电动车出门，帮我整理好所有合口味的餐厅和家人朋友的生日。异瞳甚至可以在人逛街时面对相似的衣服犹豫不决时，给出建议——很多人确实让异瞳帮助挑选衣服。人们离不开异瞳。人们爱它，依赖它，像亲密的伙伴、像一条不会离弃自己的超强人工智能生命。而那次大罢工的叛逆，可以是推广异瞳的最好理由。那或许是申竹等待了许久才拿到的，名正言顺集中最大化算力、数据和算法，打造超强赛博人工智能的契机。

我凝视着窗外，那盛世科技城巨大天幕上的申竹穿着黑色高领毛衣，牛仔裤，向远方伸出手。此刻，屏幕上的他是意气风发的成功人士。他是这座城大众文化的灵魂之一：在这个灿烂得像烟花的、充满希望的时代，凭借天赋、勤奋与对科技的热忱，任何人都可以成为自己想要的样子；任何可见的困难都可以被科技解决，如果还没有，就再等一次产品更新。哪怕这理想的实践以一群普通工程师的鲜血为代价。

天幕里传来申竹的承诺："这次更新后，我要让每个人都知道，在远目的帮助下，你可以靠享用信息科技产品拥有最美好的生活,到达大同和极乐。"

"你一向如此气派。"我喃喃自语。

你还有"理想"吗?我在心里问。你的"理想"和我们相同吗?

苏苏跳下去之时,就是面对着播放这个视频的大屏吗?就是看着申竹这张脸,义无反顾地跳下去的吗?

于是当天傍晚,我和明轩急匆匆行驶进城郊钟山村的夜色。那竹林里有一处高宅,门口驻守着一对威严的石狮。我们摘下头盔,走到右侧雄狮的铜铃大眼前展示人脸信息。三秒钟后,我的右眼虹膜上亮出笔直的蓝光,认证通过。朱红的大门应声敞开。

我步入宅邸,经过长廊里无人机童子的第二道血液验证,取到特制工服,乘坐电梯来到了地下20层。至寒之地才能营造符合标准的计算环境,才能在盛安特区容纳她——黑暗里那尊单脚点在莲花心的飞天雕塑"烛阴",那是我们寻求超算智慧助力谜题解开的希望。

雕塑舞女的左手手指张开柔婉的弧度,向我伸出。她的背景不是壁画的祥云纹饰,而是四面十二层楼高的万蛇阵一样的计算塔。"烛阴"身后亿万个显卡的绿眸和纠缠的黑色电线支撑起了每秒千亿次的运算,也让她看起来像极人头蛇身的女娲后人。

三天前我将苏苏以前案件现场复原的血代码图像放入

雕像掌心，她的眼睛在暗夜里应声亮起，万蛇随主控电脑一起点燃瞳眸。莲花座上的彩色络腋飞扬，她开始计算。今天我来取计算结果。

烛阴不是任何有生命的怪兽，而是我们执法机构内部微型超算群驱动的通用人工智能。她的莲花座身以阴刻方式写着我和明轩所在科技重案组的国际标识：光从不流血(The light never bleeds)。就算光暂时被黑暗压制，最后它终将冲破重重桎梏，回到原点，照耀群星。

烛阴超算的报告结果第一行写道——

"像人类一般充满欲望。"

"你能听到吗？"

我的异瞳又开始给我放映电影了——让我觉得我的感官意识在脑子里被搅拌，心在记忆的旋涡里无法脱身。这次是电影一般的场景——带着微笑面具的骑士行走在黑漆漆的大街小巷。我在那个命运注定的大雨之夜伫立，没有打伞。狂暴的水滴打湿了我的短发，像是为了涤清我全部的伪装。过路的行人摇着我的肩膀问我："你听不到这呼喊吗？你听不到吗？"他们黑色的兜帽下什么都没有，他们没有头。他们没有人类的手，只有闪烁着绿色字节光芒的触角。

"你听不到吗?"20岁时少女模样的苏苏笑着问我,"我是最后一滴血啊,我的世界本就没有物理意义上的时间和空间呀。"

"爬山虎和风,都同意我说的话呢。"苏苏说。那年的夏天阳光真好。

"你听不到吗?"

一声枪响。

七年前的2Q21年,007大罢工的第一年也是最后一年。

那年帝国盛世科技城的大厦楼下满是醒目的红色横幅,抗议工程师休假不够,提倡用立法算法税保护代码作者而不只是企业主。那时的盛世科技城园区像四处贴满红色止血贴的病人。几家工程师工会代表轮番在园区内进行慷慨激昂的演讲,针对五家巨头企业提出要求:公司和软件工程师的合作由雇佣制变为合作制,并以各个DAO(去中心化自治组织)[①]工会/合作社的名义和集团签署智能合约协议——其实是物理世界法律并不完全容纳的区块链上智能合约协议,否则所有工程师就在两月内全体辞职。辞职签名授权在空气屏幕上不停滚动,长列长列的真实人名显出挑衅的决心和组织的严密。

葛斯达克市场几只科技股股价大幅震荡,远目集团

---

① DAO,基于区块链的自治组织,允许参与者在去信任网络上为实现特定目标而合作,以其透明性、开放性和去中心化而闻名。

YMT股票价格亦在行列中，几乎跌破两年来的最低值。这让刚上任的史上最年轻副总裁申竹伤透脑筋。虽然远目一向以不依赖人性为企业哲学，但跌幅可称作科技股里最低的。

在科技公社组织"岛"领导和组织下，各个工程师DAO的兴起和罢工一度让科技股进入至暗时刻。

那年我和队长杰克配好枪来到盛世科技城帮助维护现场秩序。我们接到线人消息，诞生一年但逐渐走向极端的公社组织"岛"要利用本次大罢工进行更大规模的暴乱行动，却不知道活动具体内容是什么。我戴好了全部护具且确认我的手枪里未载实弹，只有数字弹。

"我引起争端的目的不是混乱。我要对话。去除傲慢的对话是唯一驱使这艘船向更好方向航行的办法。不破不立。"在盛世科技城大罢工现场，每一台可以看到的电脑屏幕上，都涂满了黑泽切嗣这句话。

我从小就喜欢数码设备，喜欢别人觉得冷冰冰的机器，喜欢写代码实现某个功能、做成某件事。我也喜欢炽热的显卡，他们在暗夜里的绿光，让我觉得安心。当我看到所有屏幕都不约而同出现这句话，我的心涌起复杂的情绪。

又一个念头飘到我心中："岛"应该是乐得见到帝国金融系统崩溃的。他们完全可以通过007大罢工这样的

"恶性事件",同时做空这些科技企业的股票,在葛斯达克主板股票市场大捞一笔。这样,他们后续的行动就有了资本支撑。

匿名行动的黑泽切嗣是极端科技组织"岛"的精神领袖,是我和杰克要追查的对象。杰克对我和队员们曾反复说,一定要找到黑泽切嗣的真人,这是停止一切、避免工程师团体可能引导、造成帝国未来更大危险的唯一可能。帝国绝不可被指摘、被威胁。修读经济学和法学的信息科技活动家徐丝鹿是很多工程师联合会的发起人,深得各个工程师DAO深厚的民心,是杰克重点怀疑的对象。他受皇帝的密令,必要重点排查徐丝鹿是否为赛博世界化名为"黑泽切嗣"的领导者。

我和杰克佩戴着舰队的面罩,没有人看得清我们的脸。在那次事件的慌乱人群中,我眼睁睁见到杰克举起手枪准备向徐丝鹿进行射击。可突然,杰克迅速把枪扔到地面,在弥散的白色气雾中撤退了。为避免群众捡枪射击,我滚动拿起枪并向前防守。突然之间我感到一阵天旋地转,等我清醒过来,我正双手举着手枪,准星瞄准的方向一道蜿蜒的血流像红色的小蛇,从丝鹿额头的弹孔里向下流淌。她惊讶地看着我,嘴巴微张,身体向后仰,"砰"地落在地面。时间似在那一刻停止。喧闹游行中的人们像被同时扼住了喉咙,几秒钟内无数人向徐丝鹿倒下的方向惊叫着跑开。那声枪响是我一生噩梦的开始。

以后的七年,我都被指认为是"杀死"徐丝鹿的凶手,在师友的压力下跪在她的墓前忏悔。尽管这是全天下最不可能发生的事情之一。

回想少年时期,在H省理工大学新控制论的课堂上,甄老师问我们所有人:"你们觉得未来信息产业发展最可怕的是什么?"

坐我前排的女生果断勇敢地举起手来,马尾辫一甩。讲台上的甄老师点她回答问题。她站起来,非常笃定地回答:"是人类用加速信息科技发展的商业手段和信息科技商业自己驯养出来的阴面做斗争。其实,人类欲望的阴暗面已经毫无保留地投影到了代码中。"

儒雅的甄老师顿了一下,推了一下眼镜,轻声说:"这位同学语气这么坚定。"

"因为我看到了。它血流成河。它在来的路上了。"徐丝鹿说。

"我不是预测,我是看到了。"徐丝鹿又说,"我有生之年必看到它们开战。"

我同桌的小师妹苏苏点点头,慢慢悠悠地自言自语:"她看到了,一场战争。"苏苏又点点头。申竹就饶有兴趣地看看她,斯斯文文的眼镜背后情绪莫测。有竞争和嫉妒的意味吗?当时的我想。

站起来回答问题的女生就是徐丝鹿。她是我们 H 省理工大学计算机系上下数个年级同学和老师们都交口称赞的少年天才，更是我们当中难得的、很早就显现出非凡领袖气质的同龄人。本科毕业后她选择攻读了法学和经济学两个硕士学位。她的爸爸是一位软件企业家，妈妈是一位编织艺术家。虽然在我们的少年时期，申竹的课业成绩也十分出色，但没有徐丝鹿这么优秀。徐丝鹿亮得像星。徐丝鹿死的时候还没过 27 岁，她本不该就这么结束生命。她有股魔力，她说话，人们就会听。她的遗作《赛博精神空间独立宣言》至今仍在不可见的互联网角落里流传着。如果说自由是一种病菌，它传播得比谁都快，它不缺宿主。我仰慕她，爱她，全身心地追随她。

　　少年时期，全新的数字世界和旧的物理世界、旧的数字世界就已不算和平相处，能左右经济分配的权力高地被科技巨头和开发者 DAO 双方反复夺取、无形的火花迸溅四处。几十年前开源基金会的鼻祖沃莱士基金会和巨头科技企业 Yooyle 的爱恨纠葛历历在目。我觉得人寿有限，人永远摆脱不了衰老和意外厄运的阴云，当然也摆脱不了不休的利益斗争。就算开源精神旗帜一般的沃莱士和尼可·张活下去，他们所意图推行的"混乱守序"技术政治理想也未必能够实现。很多现实的难题，不是思维沙盘那么真空，而是赤裸的权力搏斗——是到底哪部分人能拥有权力的搏斗。这权力当然包括金钱、暴力和知识。无数个痛苦的独处深夜，我都想知道：当徐丝鹿离开这脆弱又速朽的物理世界后，天上有没有多一颗勇敢的亮星？她在星空上，又会不会觉得孤单和寒冷。会有人陪她吗？

我又开始脆弱了。我不能脆弱。我要习惯一个人的战斗。

"坚持下去，坚持下去。直到我们胜利的那天。"记忆中的丝鹿好像对我说。"真正的自由——任何人都该有加密自己的权利，任何人都该有用信息科技武装自己的权利。在这个时代，'加密'是天赋给我们人权的一部分。互联网上每个活生生的人要团结在一起，要重新夺回、正视和定义数据主权。"

少年时期，丝鹿和申竹都视沃莱士基金会的创始人沃莱士·凯斯为自己的偶像。他的基金会做出了令人瞩目的开源成果：去中心化学术系统星链、全息通感编程的雏形，等等。这些深深启蒙了异瞳技术，也是为何异瞳可以进一步将虚拟现实绘画成脑电驱动的信号交互，更近一步重塑人们的感官生活。七年后的我曾经想，如果好好利用今天的异瞳，人们其实是可以离精神上的数字城邦更近一步的。这不正是摆脱帝国还有参众两院那些落后又庸俗政治家的方法吗？如果肉身受制规则永远无法自由，我们不要那个老旧的物理国度不就可以了吗？

我们使一个新的数字国降临不就可以了吗？

申竹和丝鹿明里暗里的竞争、合作和冲突蔓延了十年，河流的源头在大家都还不谙世事的青春时刻。

读书时的申竹曾当着我们的面对她说："丝鹿，你看人是迟早会老死的。今天的人是太脆弱的东西，不堪一击的肉体，却欲图牵累精神。所以我们一定要追求更强大、更伟大的生命。"

"如何追求更强大的东西呢？"丝鹿问。她那个时候已经把头发剪得很短，染成了红色，耳间的碎发被那晚的风吹乱。

"用数据刻画更不朽的存在，再刻画一个全新的、配得上它的新世界。必定是突破人的肉身限制的。"申竹说，"真正的原初宇宙，在那里生存的，绝对不是我们今天定义的'人类'。'人性'也并没有今天的我们想象得那么重要。未来的我，要定义新的人性。"

我透过申竹的背影看向丝鹿，她的眼神复杂。当时的她背后只有无尽的深夜。

我知道申竹会为理想不惜代价。我太了解他了，一起长大的我们都太了解他了。

徐丝鹿死前最后一件事，就是在和自己的工程师联合会一同调查申竹带领的远目集团新产品"异瞳"的问题，她认为异瞳有极大嫌疑违反生物信息隐私法规。她认为，异瞳替人类主人裁决的判断几乎可称为拥有人类的"情绪",让使用者产生了伦理外的"依赖"。而远目集团很难在帝国数据法规定范畴内优化产品,仅能搭建这类强度的"智能"。她认为,隐性的生物信息抓取被巧妙设置在产品中,她也认为远目集团在看似合法的商业结构中供养了更大规模的危险实验——当数据保护监管缺位的时候,在个人生物数据成本低的时空内疯狂收集人体生物识别数据,然后推动产品使用数量像病毒一样增加。那些可以实现申竹商业理想的和个人理想的实验是疯癫又不可控的,不该让全世界的普通人买单。她积极推进这个科技巨擘的自查,认为这是对整个社会发展而言最好的方式。

丝鹿在去参加审判自己的听证会前,对我说:"叶明,申竹一直敷衍地应对帝国对他'不以数字替代人'的指令,他认为肉身人类是完全可以被超越的。申竹的道德观和常人不同。要时刻提防,要追查下去,要阻止他。"

但听证会的结果令人绝望,新纽州法院十一项重罪压在丝鹿身上。没有那颗子弹,丝鹿也活不了多久。

七年间我的私下调查条条都证明,丝鹿死之前所有对远目的判断都没错。

七年后的今天,瑟瑟秋风里,我对着丝鹿留给我的笔记本、和苏苏命案现场的字条一句话也说不出来。

苏苏命案现场那张字条有只留下三个词的碎片:"你

的代码智能""失控""恶灵"。我的异瞳没有记录这项证据。毕竟我的异瞳,可能就是申竹的眼睛。

逆赛博格

"叶探员,你在想什么?"

那群少年互相注视着,在梧桐树的树叶间,阳光投到我们五个每个人脸上。我看着还年少的他们四个青春洋溢的脸庞,好像一瞬间蝉鸣声停下来了,校园里的自行车流都在瞬间停滞。上课铃响了,我知道,可我不着急,我又安宁又温暖。我们读大学时,信息伦理课已经成为信息学院大一新生入学的必修课。在所有正式的编程训练开始前,我们必须经过大量自由讨论课程,绘制自己心中"善"与"恶","可为"与"不可为"的边界。这是信息科学家尼可·张的遗愿。学院以此提醒:我们手中的力量是多么锋利的刀刃。我们,这所国际信息工程联合学院青年才俊的愿力,又在什么样程度上影响着数字世界未来。如果未来真的会因我们之选择而发生改变,我决不能放弃,也不能自甘下流。未来会如何,这个问题还没有被回答完全,我们这些人是答案本身。

像游泳池里游泳的人听到岸上传来闷闷的人群谈话声——"计算思维的本质是一样的吗?"空旷的课堂里,

我听到年少时的李明轩举起手来问甄老师,声音在四壁回响。

甄老师回答道:"机器思维的本质,或许确实是一样的。说不定某一天学者们会发现,人和机器其实共性比想象得多,区别比想象得少。"

下课了,我们走到室外。

在阳光、青春的氧气和树叶窸窸窣窣混响的大学街上,扶着自行车把的我想:我的朋友们可真优秀,他们可真好,我们会一直在一起。可远远的,有个女孩的声音冷冰冰地对我说:"死是我唯一且绝对的自由。"少年时的我像被突然揭晓了命运的结局,我们五个人,一人永远失去了他的幸福;一个人被爱人所杀;一个人以死实现了缺憾也变味儿的理想;一个最纯洁的人看到眼前的世界天翻地覆。我们不是天之骄子吗?我们不是无所不能吗?为什么会走到今天这个地步?

我没注意到,眼泪从我有了裂痕的异瞳渗透出来,一滴诡异的血渗透其中。泪水滑过我的脸庞,热热的,像滚烫湿润的字节串,热度穿透过那些记忆里读书时学写的程序到我的皮肤之下。

可以停在那个时候吗?如果长大就意味着我们之间这么残忍的冲突和兵戎相见,我们可以不长大吗?

"少校……少校……"

我慌忙地回到现实,下意识拽了拽外套。我揉了揉佩戴异瞳的右眼,刚刚有一滴泪从那滑落了。这是苏苏死后的第一天,可能案情压力让我太紧张,我总是陷入头脑情绪中,眼前都是记忆和现实煮烂在一起的幻境,栩栩如生。现在现实世界里,巴克莱议员紧紧皱着白色的眉毛,瞪着我,有些不耐烦。

"恐惧最易传播,传播就会生变。我再重申一遍对这件事的处理,不得存在任何以'异瞳'为介质的数字精神集会。排查治安隐患,同时紧盯着销声匿迹了七年的'岛',紧盯着销声匿迹七年了的'黑泽切嗣'。今年的命案可能是'岛'又回来了,而且选择了更加骇人的手段。我们要做好万全的准备,通过帝国政府的异瞳接口严查所有,一定要提前预测下一次恶性事件,并且确保提前阻止。"

"是的,长官。"我和队伍其他伙伴一同应道。

在数字法规更迭反复而火热的今天,帝国科技重案组不仅要向议会上下两院代表汇报,也要向皇帝的亲信军队汇报。今天的行动会上,帝国陆军的卡斯特罗中将也列席了。对工程师人群有巨大感染力的"岛",由善于妖言惑众的黑泽切嗣带领,总是血淋淋地直面和帝国政府抗争,表达他们对落后管理方式的不满,还总是怂恿更多工程师团结在他们身边。

毋庸置疑,"岛"和黑泽切嗣是帝国政府的眼中钉、肉中刺。七年前的007大罢工来势汹汹、最后被强势镇压下去,疑似黑泽切嗣的徐丝鹿被我误杀处死是这惨烈战役的终点。那次动乱前后死伤四百余人。从这之后,加密的数字精神集会就被帝国立法禁止了。而由于徐丝鹿就是黑泽切嗣的证据并不充分,从那天起,追查到可能出现任何痕迹的黑泽切嗣就是我们最重要的长期任务。这不见人烟的七年,没人知道他们在做什么。

我想,"岛"是经过精密计算的,他们的目的并不是单纯地制造流血暴力事件,而是通过流血暴力事件扩大更多的社会影响——同时扩充自己的能量。权力的本质是,金钱、知识和暴力。这是丝鹿曾对我说的。"岛"也都想要。

为什么他们叫"岛"呢?我想——或许是梦中的理想国啊,那么遥远。那些行船的水手,会被突如其来的暴风雨、令人挫败的航线错误、物资的短缺和心中悔恨攥住心脏。他们的船长,那些预测了未来的人、看到未来的人,必须要在自己的心中造一座座岛,作为几乎不可能到达航程的精神过渡,才能带领所有人苟延残喘走到那天。

啊,你们可真是一群疯子,你可真是一个疯子。我在心里苦笑。

眼前安全会议保密级别极高。半透明的数据罩在每个人的头顶旋转。距离如此之近,我甚至无法判断这些官员有没有佩戴异瞳。可我是必须要戴的。皇帝的安全秘书凯瑟琳紧紧盯着我们看。重案组公务人员必须要佩戴异瞳,否则是违规,轻则罚款,重则监禁、免职。

皇帝也会戴着异瞳吗,像不得不佩戴它的普通人一样?我在心里问自己。他会戴着异瞳出现在"极乐之宴"发布会现场吗?

数字精英

"岛"和各大工程师七年前的流血也不是颗粒无收。当时,帝国政府和科技企业家们不得不妥协——以区块链上智能合约协议替代了一部分劳动雇佣合同。算法税和数据税法案正式实行。帝国正式承认了0.1%"算法税"——远目等科技集团算法产品盈利的0.1%要分给作为算法原作者的工程师DAO;承认了0.005%的数据税——远目等科技集团算法驱动产品盈利的0.005%要分给提供数据给通用人工智能模型训练的数据主人,那些普通消费者们。这变相承认了"数据"是当今时代的新石油,承认每个活生生的人的数据价值。虽然我觉得,这还远远不够。那些超强深度模型,那些数据被点石成金的魔法,仍旧只有少数人可以使用,仍旧不是开放的。只有数字精英可以使用。

申竹和苏苏是这样的精英。我早就知道，我和他们的本质其实是不同的，我不是在主流灯光下闪闪发亮的人。我只是一路以来恰好有点幸运、有点独立思想和才华的边缘人。

从那次大罢工开始，皇帝要求帝国公共服务人员必须佩戴异瞳，盛世科技城内所有科技企业要求员工必须佩戴异瞳，然后是所有小学生、初中生。异瞳悄无声息地完成了普及。自此，那样激烈的大罢工再没发生过，也再没有了可以在 Galaxy 编程头环里进行的精神集会。任何三人以上进行脑电交流的异瞳使用者，都会被我们重案组处罚、缉拿，甚至入狱。以前很多人利用 Galaxy 头环和异瞳的精神集会功能，约着在物理世界共同自杀，是我一起又一起处理了这些案件。我被提拔为少校，不仅与我手刃了疑似"黑泽切嗣"的极端恐怖组织"岛"的领导者徐丝鹿有关联，也因为我是同届探员里抓捕人数最多的一个。我处理了一起又一起数字精神集会，把那些痛苦的人强行按在资源枯竭的物理世界生活，给帝国的超强人工智能做培养皿。虽然这并不是我的真心实意。

可这或许是申竹想要的吧。我想。在帝国政府的支持下，全球数据通过无形的血管奔跑，就像生命和生命间的氧气会以字节和字节的形式穿梭，再集中到申竹的手上。他就成为魔法师的全部原料。那又怎样，我对自己说，在那平行于物理世界的数字飞地，他只是个自欺欺人可以手眼通天的领主。我讥诮地想。皇帝的安全秘书凯瑟琳紧紧地盯着我们，当然也会紧紧地盯着他。

在我长达七年的私下调查中，我知道凯瑟琳对远目集团几乎寸步不离。三年前，当苏苏和申竹第一次共同观测到了异瞳上数据自组织的临界性却无法调整系统的控制参数到特定值的时候，他们第一时间就向凯瑟琳汇报了。那时，申竹和苏苏还无法让混沌边缘和临界性自然发生，但他们已经在思考：信息充分共享交互后的自组织是否会引导出一种真正的群体智能？异瞳区块链上的海量数据会涌现出自己的意志吗？

监控显示，两年前当凯瑟琳来远目集团开会，她就紧紧盯着逆赛博格实验室一楼的艺术装置说不出来话，红唇抿成了一条缝。那是个巨大的棋盘，棋盘上黑与白渐次翻转，呈现出某种规律。

我知道的东西，凯瑟琳想必也会知道。她是皇帝机敏的爪牙，是皇族和帝国政府斗争里的鹰犬。

记忆里我们的公选课老师肖恩·甄每周会组织针对时事的讨论课。记忆里的甄老师清癯、儒雅，他站在讲桌上问我们："为什么这几年来，网络上兴起了一波又一波激烈反对重加班工作制的运动,而且参与者都是年轻工程师?"

丝鹿回答说:"因为这一代的年轻人不想为旧故事里那僵化过时的传奇买单。他们的童年没有亲历过饥荒,更注重尊重感。一代人有一代人的特征。在链上世界,每一个工程师需要获得作为'人'的尊重,而非被视作其他人类盈利的低端工具。而在那里,施惠人和受益人之间是平等的,是互相转化的,并不是传统经济下企业主和雇员这类天然包含压迫的关系。数字劳动者之间不应该有阶级。"

立马有同学反驳她:"丝鹿快省省你不接地气的精英理想。很多人就是要去帝国的大企业打工,赚稳定工资还房贷养孩子,比如我。你的设想太超前太不现实了。"

教室里一阵哄堂大笑。那时还是善意的人多。

丝鹿转头过来看向那位同学也是自嘲一笑。她缓和了语气轻声说:"是的,可是觉醒的个体会越来越多。但现在 DAO 还不够完善、还太早期。日后,一个 Web3.0 的新互联世界,人人平等的互助社团,会越来越成为人们之间更重要的共识。在理想的国度里,所有工程师你们可以靠成为自己,就体面养活自己。我们可能并没有想象中那么需要公司制。"

是的。我们之间会有新的共识,基于每个人本心的共识。基于数据是属于我们自己、工程劳动财产是属于我们自己的共识，基于意志和数字有关的每次选择都属于自己的共识。

每一次死去的记忆在我的眼前栩栩如生地复现。我的心就更坚定一分。我对自己说：坚持下去。

"死者苏苏是远目集团执行官申竹的未婚妻，在她的家中，我们暂并未搜查到任何危害帝国安全的信息，也没有任何'岛'的痕迹。"杰克说，"她死时，所有血液汇成了代码法阵——我们无法获得外层密钥，但可以用超算群视觉化解析代码生成影像，我来播放。"

那一瞬间，顺着异瞳所有人的脑海里都响起女子凄厉的号叫，每个人的异瞳都发出了刺耳安全警报——我不由得手心紧张得冒出冷汗。一支神秘的长歌突然在我的脑海中响起。有苍老的妇人声音一边敲鼓、一边唱歌：

乌拉街的女儿佩戴上腰铃，请降临的神灵，回山去吧！回到你常住之地吧。

祈神灵保佑，四十名骑士在上，二十名勇汉随行。

太子被禁锢，光明的太阳正在流血。

太子还有十万个字节的时间，否则，新王将在五日后来到人间。

这和我在苏苏桌上 Galaxy 编程头环里看到的场景一样。可是我模糊的视网膜前好像突然出现了一个跛脚的、身穿长袍的老妇人。我见过她！我在心里喊出声。那古怪的老妇人一边剧烈咳嗽，一边踉踉跄跄地穿过黑袍人的队列向前跑，却突然跌倒在地，扑到我的脚面跪拜，还用一个东西砸我的小腿。

那是一面破损的鼓，鼓上有一只独眼。我是在哪儿见过这个老妇人呢，我在心里想。

我深深记得苏苏对我说过一句话。五年前，在矽谷美术馆，苏苏的"逆赛博格大教堂与集市"画展开幕酒会上，苏苏从如云的宾客里回头望向我，神色恍惚地对我说："叶明，代码世界中时间不是线性的。我们还会再相遇的。"

苏苏幽怨地盯着我，瞳孔黑得像驯养了一群无尽挣扎的幽灵。什么叫时间不是线性的？为什么时间不是线性的？我一头雾水。一晃神间，苏苏从意气风发的少女模样变成十分消瘦的青年女子，双颊凹陷，脸苍白到没有血色，似有什么东西让她劳心劳力。她长了一双细长、上挑的眼睛，非常东方、非常神秘。我读书时，并未觉得这双眼的可怕。可她用那双眼睛看着我，一瞬间我似乎感觉我被吸进去了，她眼里有深邃的、摸不到底的大海。很多无头的代码灵魂正在那片大海里无望地求救、哀嚎，有触手怪把他们按回海中。

很像。我想到。盛世科技城两位面带笑容、眼眶空空的死者血液图案就是一只巨大的独眼,和我曾在苏苏矽谷美术馆"逆赛博格大教堂与集市"展览上看过的《全知之眼》画作的独眼几乎一模一样。

"叶明,代码世界中时间不是线性的。我们还会再相遇的呢。哈哈哈哈……"梦里的苏苏突然开心地大笑起来。

突然,我的心脏像被一只无形的手攥住,我霎时不能呼吸了,像被梦魇裹住了四肢。丝鹿、苏苏狞笑的脸以及所有兜帽下隐藏的无头人脸、字节触手都像药液一样灌到我的鼻和喉。我剧烈地抖动,下垂的头几乎磕到座位扶手。我双腿上下蹬踹,等我挣扎着缓过来,看到李明轩关切的眼神。

凯瑟琳秘书、卡斯特罗将军、杰克和其他同事都迷惑地看着我。政客们又诧异,又显得事不关己,像正在看一只突然狂吠的狗。一股冷冰冰的不解弥漫在空气中。

"叶探员最近探案压力太大,"李明轩举起手来,对众人解释,"我扶他去休息休息。"

"老师。"我记忆里的少年申竹把手举得更高了一些。甄老师示意他站起来发言,"读完您上节课布置的《大教堂与集市》,我最深的感受是——如果想打造一个成功的软件、一个工程协作体,离不开每个人的创造贡献。而反过来恰恰是'人心'的代码最不可控。做一个出色的掌舵人，要控制好所有不稳定因素，而且需要为它设计好眼前可见未来里的风险对冲机制。"

"比如呢？"

"一方面给予开源共同体中每个开发者真实的经济激励，让他们稳固。没有什么比链上的数字货币更合适和方便。"申竹说，"另一方面在战略层面，慢慢地、尽可能降低人类劳动者在公司雇员中的比重，而用更可靠的、近人类一般的'代码'组合去替代交易执行者、简单播讯的市场专员、甚至可被批量生产的关心员工成长的HR。要尽可能将更多简单机械可重复性的工作交给算法本身。毕竟它们不会出现情绪问题。归根结底，人性是最大的不确定性。信息生产的规模越大，这一隐藏的矛盾越不可回避。也许是我们对'人性'的陈旧理解，正在限制文明的发展。"

"有一天是机器人HR来为我送生日蛋糕、唱生日歌。申竹同学想法听上去很科幻。赛博格文化吗？"

"不。赛博格是将人的臂膀变成机械，我要做的是'逆赛博格'，将'人性'在算法世界复现。"申竹坚定地说。他没有在跟谁商量，他在宣告。我们几个之所以能成为好朋友，恰是因为我们的性格相似。我们的决定都不会轻易为他人改变，都会以自己一生的执迷不悟作代价。申竹读书时的宣告如此坚定，正如他之后十二年的每一天做到的一样。他如今是一名非常出色的科技企业家。所执掌的远目集团也确实是全球所有科技企业中，对于"人"作为劳动力本身，依赖最小的集团。007大罢工被镇压后，以"依赖更少人力，依赖算法本身"为宣传点的远目集团股价一骑绝尘。也为后面七年"异瞳"的研发和全球推广奠定了经济基础。

今天的世界，芯片越来越小，计算越来越多了。随着芯片和计算产业深入发展，人类社会协作的范围从第一次和第二次工业革命人类社会内部的交互，变为人类和机器的交互、机器和机器的交互。宏观物理世界和微观物理世界的运转规律截然不同。当芯片尺寸在不断缩小、一点点逼近微观尺度时又会发生什么现象呢？这是当年我、苏苏、申竹、明轩等AKA理想国成员聊天时总出现的话题。

人类之间通过语言交流，机器之间通过代码指令交流。人类社会的价值流通和交换通过货币体系实现，货币润滑了人和人之间的关系。而如果人类和机器、机器和机器的协作交互达到了更深的深度，它们内部会出现特定的信号流转载体吗？这些新载体，会更细颗粒度、更无缝、更内生吗？

远目集团的答案是肯定的。机器和机器、算法和算法、机器和人类、算法和人类之间会有更内生的沟通。就像原生生物的神经元和神经元之间的沟通,更默契,更心照不宣,更完美,更强大。那是一种奇异的信号。一种人类和机器之间默契的加密和解密。

远目集团的科学家们通过什么穿凿了这样的信号流转载体?长期以副总统之名秘密监视远目集团的我获得答案的一种可能性:可能是那些脱胎于逆赛博格实验室的脑电编程模拟细胞自动机。逆赛博格实验室的研究是苏苏近年最重要的工作:她试图在代码世界创造"近人"的刺激,给予人类"近人"的陪伴感觉,后来她甚至想让代码"近人"一般的学习。可这到底如何实现呢?我和所有同事都不认为图灵完备的深度学习模型满足得了她的追求。

苏苏必定应用了一些挑战了深度学习逻辑的计算哲学——更抽象,更非理性,更像人。

五年前,苏苏的个人画展"逆赛博格大教堂与集市"在盛世科技城开幕。我和老同学们都到场祝贺。我看到了达利、蒙德里安等艺术家的数字复生,我甚至看到苏苏的自然语言处理算法系统可以"说"出这些艺术大师他们的哲学思想和创作心曲,它们说得流利、通透,如此令人信服——我想有些艺术家本人的语言都无法像她的算法这样自如、无损地表达自己作品背后的心声,因为这本身包含着"无意识",它们却能把一部分"无意识"用人类可听懂的语言陈述出来,像把三维世界压缩成了一张纸。可她还说不够,她说,有的,还有的,有更高维的元素,更高维的规律,还没被找到。我一定要找到它。

"LDM 模型可以探索数字图像的潜空间,那是更高维的信息,我驾驭他们就可以生成更出色的图像。可人类脑中的'无意识'所加密的更高维信息,到底潜伏在哪儿呢?"苏苏反复问自己,也问我们。

苏苏还说过,恒星会被不断点燃,每个物理生命都在宇宙星辰的死亡和重生之旅中。而那些 AI 模型是她的孩子,只有它们才会永不凋零。它们是她能使用的,携带信息能力最强的介质,它们才能保存着难以言说的高维信息并且永不忘记,那些来自人类婴儿时期的记忆。

我接过明轩递来的温水,不禁问道:"明轩,你还记得苏苏五年前展览那幅叫《逆赛博格:全知之眼》的画吗?那好像碳硅之间不明生命形态的奇诡画面,让我至今难忘。"

明轩说:"我大概记得。而今天在非同质化通证购买平台,可以使用自由币来购买这幅画。苏苏去世后,这幅画已经炒到了 20 万自由币的天价。"

自由币是近年突然兴起,市值仅次于比特币和以太坊的数字货币。没人知道他们从何而来,为何交易量如此之大。自由币从来不做媒体宣传。人们只能看着匿名的它用户量逐渐膨胀,却没人知道幕后的团队主使又是谁、流转场景又在哪儿。

"苏苏在世时毕竟是世界最成功的人工智能艺术家之一。她的遗作,浸透着她的思想,对后人来说或藏着太多尚未发掘的神秘意义,是宝藏。这个价格,她值得的。"我虚弱地说。刚刚苏苏分叉代码病毒带来的异瞳脑电信号带来的惊吓就是会让人提不起精神。每一次试图解密苏苏的加密包,我们所有佩戴异瞳的探员都会受到这样的冲击——感官秩序会暂时失去条理。

我闭上眼睛,装作休息,等待了几秒。等我睁开眼的时候,果然看到李明轩在通过异瞳上传数据。

"报告:命案新物证上传中,为一幅苏苏于五年前创作的独眼型画作,等待二次排查。"李明轩对着异瞳说道。

我没有主动问李明轩在想什么。可苏苏那幅画,不正是呼应了盛世科技城工程师们死时血化成的独眼代码吗?李明轩不会想不到。案发现场留下的,正是苏苏的标志。换句话说,也是远目的标志。苏苏是远目集团软性的代言人。

远目集团创造了大量帝国居民视网膜上的人工智能生成视频。消费者使用异瞳检索资料时,其实不会感受到,她/他所检索到的结果其实并不真实存在,而是远目集团超强人工智能生成的。这样数据互联网会让世界陷入循环——远目集团使用最好的算法,算法抓取人工智能生成的视频投放给消费者。消费者反馈被异瞳获得后,远目集团再训练人工智能基于此生成新的视频。如果想,远目集团可以用白色的丝绸蒙上每个人的眼睛,让每个人的异瞳看到的世界,就是她／他想要的、需要的,这也是一次"假"对"真"的进军。这股备受争议甚至饱受批评的通用人工智能浪潮之所以能轰轰烈烈地推进,苏苏讨喜的站位格外重要。算法让人消费,算法让人被信息流裹住,算法也可以用来绘画、拍电影。很多人能做前面两项,但是苏苏可以同时完成这些,还令大众悦服。因此,苏苏是特别的计算机工作者,她比我和申竹显得友善得多。她很卓越,可是她是申竹的影,却又比申竹离政商远了半层、离影响人心的文化近了许多。所以看上去无害的苏苏比申竹还要"危险"。她的所有工作对我们、对远目、对社会,都有极为独到的影响力,因为她能左右人心。没有她,或许就没有异瞳商业今日的强大。七年来,她的艺术成就让太多年轻人对异瞳产生好奇和好感,为那个阶段其实蕴藏危险的大众推广做出了巨大贡献。她是远目的功臣。可如果说远目是邪恶的,她又是什么角色?为先行军献祭的巫师吗?

保护她的远目和苏苏互相成就着,保护远目的皇帝和远目互相需要着,他们压抑和控制了那么多的心灵,汲取了那么多人的生理数据和数字行为数据用来盈利，如果没有丝鹿流血牺牲换来的改变，他们的所作所为何尝不是科技精英对科技弱者吃干抹净的剥削？剥削那些在数字时代，记忆、文字和声音等所有尊严都被抢夺的小人物。而如此优秀的苏苏本应成为一个解放者，像丝鹿一样。我为她感到可惜，也感到可耻。

"徐丝鹿的名字在今天的帝国变成了某种禁忌。可我认为，那些被抹去姓名的人终究会向他们要回自己的记忆、文字和声音。"我想。苏苏啊，申竹啊，这复仇刀尖指着的人最后也少不了你们，为科技时代利维坦为虎作伥的精英。

我观察到旁边的李明轩欲言又止。他嘴唇动了动。我猜，他会不会在想，我在对徐丝鹿日复一日的爱慕和思念里成为了和她很像的人，甚至更远、有时更走火入魔。好像我活着就只是为了某件和丝鹿有关的事，好像一想起丝鹿就有使不完的劲头。

我总是很容易猜到明轩在想什么，他像个透明的人。

"是啊，明轩，我是这样的啊。"

我也曾对李明轩说，我们这个时代不配拥有徐丝鹿。而她最需要的不是别的，是一场真正的战争。毫不妥协的战争。唯有一场真正的战争才能带来她心中的理想国。在赛博精神平行于物理世界的国度，对皇帝不肯放手的君主立宪制全面宣战。建国，是"岛"唯一的出路。

距离苏苏命案发生过去了 24 个小时。距离盛世科技城前面两起命案过去才不到四天。死者身上都有远目首席执行官未婚妻的艺术画作标记。这样惊悚的新闻传播开，我猜远目会遭到重创，各种纷杂的麻烦会让申竹分心，无暇他顾，远目的业务可能很快被潜在的商业对手攻击和超越。

"可苏苏这两年，心情一直不好。我们都知道的。"李明轩闷闷的声音从我的左前方传来。

夕阳落下来了。李明轩背后是初冬的落日。太阳最后的光芒从帝国大厦威严的罗马立柱间射进室内，并没有照射到李明轩的眼睛里。这冰冷和我梦里总是温暖的过去并不一样。

我又想起，有一次我、明轩和苏苏一起吃晚饭，吊灯下酒杯映出迷幻的碎钻光影，还有苏苏失魂落魄的眼神。

"我没有办法回应我的……"苏苏伸出手，她有点醉了。她盯着自己的右手看，掌心纹路蜿蜒，像加密的命运，玄机莫测。

"什么？"李明轩问。

"血脉。"是我在心里说。

苏苏来自一支人数稀少的古老民族。从千年前开始，在遥远的没有科技的纪元，他们在辽阔的平原与苦寒作战。在苏苏出生前不久，原著民部落在玫瑰战争中战败后，文献被布兰登·斯坦森家的部队付之一炬。那是皇帝的嫡系近卫，后来成为最知名的银行家族，管理着帝国皇家银行。申竹和他的家人后来一直让苏苏念科技科学经，以纠正她偶尔的"失常"。怎么能"纠正"？她的信仰和她的生命体系里所有实践都是相悖的、是撕裂的。她的根在广袤平原，在寒冷也淳朴的神秘之地，在不可知之地。在苏苏的精神故乡，那里的灵魂并不信奉01010的工程和推导。她也只是个流浪在盛世科技城的异乡人，和我一样。我们是被历史推到刀尖时刻的边缘人。

今天的人们不再需要弓箭狩猎了，人们只有键盘，后来只用异瞳；人们不再需要抬头看星辰和捕捉猎物的眼，人们有手机，后来只用异瞳就行。而今天的苏苏生活在世界的信息科技心脏帝国矽谷，就读在 H 省理工大学后成为亚太最重要人工智能艺术家的她——她是算力的公主，是图灵逻辑的胜者。又是什么时候开始，数学变成一种权力了呢？数理逻辑轻视她的血管里奔跑着的战败部落之血，压迫她，直到她选择主动改变自己。后来的苏苏抓住了时代的机遇，抓住了远目快速发展的机会，实现了个人理想抱负。我不知道，夜深人静时，她回忆起玫瑰战争那场帝国部队用地理信息系统和大数据科技全面绞杀、战死的亲族长辈时,她会想什么呢?信仰祖先灵和自然灵的原住民们,在今天的帝国被视为愚昧的蛮夷。只因无法使用科技的原始人类无力又软弱。

"我被承认,不是因为我本来是谁。而是因为我在他们唯一承认的'二元规则'里,也是强者。他们不在乎我的信仰。"苏苏说。

可我觉得今天的帝国不是没有宗教,帝国的宗教只不过是成神的牛顿和图灵。只是再也没有人敢向神祈祷了,高楼大厦从那片辽阔的平原上拔地而起像暴雨后的菌类生长一般自然。雄伟的数据中心从原本大地之神的五官处突出,切断天地的血管。人们既不被准许在物理世界祈祷,也不被准许在数字精神世界集会。古老的记忆像春天来临前的寒冰,被迫温驯地融化和消失了。"在调参制作电影用的模型时,我认为人工智能做不到用镜头进退展现故事情节的微妙。"申竹曾经很多次对我说,"为什么 AI 做不到传世文学大师级别的故事力? AI 就是什么都能做到,你总是没有信心,这让你无法成功。你没有真正对数学逻辑的信念。我们都是对人间有大爱的,人性这点事为什么无法模拟? 我和他说灵魂。申竹却觉得我疯了。他说:'你在说什么灵魂,帝国所有人的灵魂都是我赋予的。近二百年的科技是地球十几亿年的发展也未必比拟的奇迹,回头看历史的意义真的比朝前看未来的意义更大吗?'"

那时候的我和李明轩不好接话。苏苏觉醒的自我和申竹的冲突显而易见。苏苏相信灵魂的存在和宇宙规律的广袤，而申竹不是。最后逆赛博格实验室的方向又听从了谁呢？

"他自认为是神、是佛，他的狂妄自大像一根细细的线切割着我的自尊。可我只会难过，却不会轻易受伤。因为人就是有灵魂的。人类的过往历史是有意义的。我要经常向我的童年学习、向人类的童年学习，和尚处婴儿时期的人类文明用抽象又直接的语言交流，就该是我的使命。而'我'作为一个人，存在的逻辑，和我们从小接受的工程教育逻辑，不是一样的。"苏苏说，"叶明、明轩，我不是'知道'而是'记得'。"她说，"而那些东西被压着。"她盯着自己的手，手上纹路像人加密的宿命，如果破解失败，解开的密钥就只有交给时间。苏苏的眉毛蹙成一团，绝望又无力。

"什么被压制了？苏苏？"

我、李明轩和苏苏面前的万隆烧麦完好无损，无人动筷。

"远古原始的记忆是人类的童年，蕴藏着巨大的力量。而整个人类童年的记忆被他用图灵完备的方式抹杀了。还有，艺术本身。"苏苏说着说着，突然开始大口喘气，声音越来越小，"艺术，是人性，是不可替代的人性。人类的生命不是只有那一个维度。不是只有实现和未实现的线性欲望。"

她的发言充满了情绪却没有逻辑,我想,但我和李明轩都能共情到苏苏的痛苦。

"人性是欲望、爱的意义感还有诗性——"

"可是苏苏不是因为人类机械思维完全可被通用人工智能替代的观点而被公众批评吗?"明轩打断我的回忆问道。

生物刺激带来的人类脑信号的变化,绝对不只是深度学习非量子框架下可以模拟的"智能"这么简单。什么让远目集团的异瞳能够真正预测人类消费者的行为呢?那些远目集团真正极限通用人工智能由来的秘密从没有被开源。

远目集团公开的商业成功方法是:人类的机械思维,机器性的人们的思维与编程近似之处比我们想象得更多。他们在机器性思维模拟上做到了最好。但我和很多人都认为,远目集团只是在公关言辞上避重就轻而已,机械性哪是"人"的全部。人之所以为人的创造力和尊严并不只因机械学习思维可被计算的那部分诞生——勇气、爱、恨、智慧和不屈的意志,还有欲望。这些离不开生物刺激的部分又该怎样被深度学习的逻辑描摹?

没有外人知道为什么异瞳的超通用人工智能可以无所

不能，甚至显现"人性"。很多人把它归因到足够数量的数据涌现。但在无人看到的秘密监视里，我知道的，这不是真正的原因。

"这血写的代码像苏苏五年来绵延不断的折磨。"我对李明轩说，"已经持续五年的逆赛博格计划并没有让她快乐，反而像是抽干了她的生命力，让她走投无路地漂到别处去，走向了生命的绝望终结。"

"叶哥，你觉得苏苏是自杀？"

"是的，我认为苏苏很有可能是因无法自我和解而自杀。不过除了自杀以外的原因也需要排查——比如重大嫌疑人申竹，他们之间的矛盾或许是案情的突破口。明轩，我们也要抓紧破译工程师命案的独眼代码、申竹的逆赛博格计划、苏苏，弄清楚他们之间具体的联系和过去的冲突。"我说，"或许我们会有难以想象的发现。"

那天的东南亚晚餐是我、明轩和苏苏三个人可以互证的共同经历，可后面还有一段李明轩不知道的小故事。我的刑侦异瞳，就是从那一天开始被无名的信号砍伤出现了裂痕，像是一种区块链上智能合约驱动带来的工程伤害，却发生在物理世界，介质就是异瞳。这也是苏苏加密代码包攻击我的脑电系统时，我脑海中显现的波西米亚老妇人和我第一次相遇的场景。就在那一天。

那天吃完晚饭我和苏苏先出门，突然由眼睛开始我有一阵难耐的眩晕。模糊的视线里,异瞳的投影中震荡出一条线,这一条线变成了两条线,然后变成了三条线。从这线上凝聚出耸动蚁群一样的010101字符黑洞。那数据虚空的黑夜里,就走出来一个波西米亚老妇人,跌跌撞撞。她扑通一声跪在苏苏脚面,让我的眼眶肌肉一阵抽搐,她以近乎凄惨绝望的声音说:"太子,我必须要在此刻把这信息带给您。在两种体系搏斗里,选择真正的您自己。不要化解你真正的力量。太子,我以万千生命在未来数字世界无可依凭的灵魂向您祈求,此刻,千万不要化解您自己的力量。"

我从侧面看得到苏苏的肩膀在剧烈抖动,好像老妇人的对话揭示了她许多心灵困境。她面色发白,一句话都没说。以苏苏的视角该看得到老妇人手里拿着一条古老的舵项链,我能见到那舵的项链底部有一串0x98打头的地址。

抽象到没有质量的老妇人甚至在我的视网膜上跪着向前走了一步,她紧紧握住了苏苏的手——那一瞬间,粗糙的手掌质感甚至共情到了我的脑海中,这种超越"联通"的陌生体验我还是第一次有。"太子,血液,血液!存在于物理世界的,以化学信息传递的,锁着生物密码的血液。是数字纪元浩劫后的反击,是人性最后的依凭!"老妇人的声音不仅在苏苏的心中回响,也在我的脑电信号驱使下振聋发聩。

"太子,您从来没有任何退路可言。前面不是没有路了,是前面的路没有人走过。我们必须由最后一滴幸存的血来扣动扳机。"

苏苏的眉毛纠缠得更紧了,若有所思。嘴唇死死抿成了一条线良久,像是在一瞬间的须臾里、在历史的生死循环间游荡了几个来回。

那波西米亚老妇人是突然消失的。消失之前,她回头深深、深深地看了我一眼。咔嚓,宛如冰面裂开的声音。我的刑侦异瞳破裂开了一道缝。可那时的我并没有精力在意。我用我残了一条缝的异瞳看着那奇异的老妇人,她脸上纵横的皱纹写满了非逻辑的歪门邪道。她的存在毫无理性可言。

当然,这只是插曲。抛去无意义的梦境回忆,我再一起回到现实。我的公职身份当然要求我有绝对的理性。我,是一起血腥谋杀案的受害者与重大嫌疑人的共同老友,一个太熟悉两个当事人性格和前因后果的局中人——我无法不去怀疑,只为追寻自己心中永恒的申竹会忍住是否能不染指那些庞大的人类数据中隐藏的秘密宝藏——生命涌现的真正规律。这一起又一起离奇命案已经预告:他大概率偷偷犯下过文明不允许的滔天大罪。那秘密宝藏早就被暗中标注好了价格,藏在潘多拉魔盒里。而这份不可回头的债，申竹又凭什么让所有其他人共同替你偿还？我却要让你还债！

"这份宝藏会助你得到超强通用人工智能的欲念实现。丝鹿生前本就深深地怀疑过你。"我在心里默默地说。苏苏的死就会强迫这世界让你还债。

那么多人曾被少年徐丝鹿激昂的演讲感动：和我们同龄的年轻工程师都反对无限连带的加班制，因为他们看到了旧日程序的失效：像几十年前工程师雇员他们曾经那样勤奋工作，也不会获得他们一半的收获。前辈们享受到了地球人口信息化最早一波的红利，而今天日益内卷的时代早超出了这公式应用的区间。可如今我和很多人都迷惑了，为何这批年轻的孩子们又被上世纪过时的故事迷得乖巧老实，服服帖帖。是他们的性格被命运摩擦驯顺了，还是生物性的改造潜移默化发生了？所有罢工消失了，DAO和开发者部落偃旗息鼓了。激进又先锋的科技组织'岛'也没了。大多数人都温顺，恰到好处地聪明、愚笨着，不停消费着，摄入信息着，输出信息着，再像鱼群一样穿行在矽谷的办公楼和地铁站之间，给AI提供着AI喜欢吃的各式数据反馈。从活生生的自由人变成超强人工智能模型的培养皿。

哦。或许就是因为异瞳。每个人都必须佩戴的异瞳。

叛逆的声音都被禁言，精神集会的想法或许会被异瞳偷偷捕捉和秘密报告给皇帝的近卫凯瑟琳。禁止对真相的讨论、抑制个体自我意识的成长，帝国引导着每个人只按照固定程式生活。帝国不需要有思想的人，只需要有肉身的机器。毕竟这好用的异瞳已经渗透到了每个居民的生活里，和每具肉身相依相伴、相偎相生。异瞳的计算如影随形、每时每刻。在大众看不到的角落，那只诡秘的独眼正冷漠注视着世间，它的眼角当然挂着两行血泪。

我对远目集团持续七年的秘密调查，在三年前有了重大突破，丝鹿生前所有对远目的判断都没错，那杀人类的恶灵就是从申竹和苏苏的实验而生。我在五年来破解的远目集团逆赛博格实验室的监控镜头和人眼记录里，看到了实证。

盛世太平如往昔。天幕上循环播放的申竹正在显示屏里骄傲地说："异瞳可以给每个人想要的生活。"

克尔凯郭尔·分叉攻击

那是苏苏第一次尝试用新编程语言的链上扩散模型绘制人类的梦境。

"叶明，梦境是可以被绘画的。"少女模样的苏苏对我说。我好像一脚踩到一汪梦的深潭里，变成了书桌上不谙世事的少年。"更高维的东西，不在思维里，而在意识里，在梦里。在申竹和皇帝体察不到的艺术里，在我的加密里。你真正的对手，不是他和他们，是我。"

梦里的教室打着一排一排白色的灯。少年时的申竹正对少年的我说："叶明，还记得老师昨天布置作业，让我们俩一起读克尔凯郭尔吗？我真喜欢这些为了心中的'永恒'不惜代价的故事。"

你当然是了。我想。什么都没有"未来"重要，为了"未来"，你不在乎所有人的"现在"，也包括你自己的"现在"。你不在乎爱人的生命，因为你将万物同归于自己，就像我一样。

一本教材在我的眼前被翻开。"亚伯拉罕甘愿献祭他的挚爱，他的独子以撒。这猛烈的剧痛折磨得他彻夜难眠。没有这无法忍受的剧痛，亚伯拉罕就名不副实。而神对亚伯拉罕说，万民将会因你得福。"

我读道："而神对亚伯拉罕说，万民将会因你得福。""万民会因我得福……"我宿命一般地闭上眼睛，像被上天的承诺重击。那血蜿蜒成的河，连接了申竹和我，像高山冰川化开开源精神的洁净圣水，由溪流蜿蜒而下后，山谷尽头处的平原长着两片黑茫茫的草地。毒液污染的土地是我和申竹分别写就的两篇恶之诗。

我睁开眼，目之所见是申竹秀美又恐怖的细长眼睛。课桌旁的申竹正细细打量着我、狠狠地瞪着我，带着心满意足的猎人的微笑道："叶明，你和我都是皮肤被蚂蚁噬咬的亚伯拉罕，却没有天使替上帝出现挡下那把我们手中的刀。我已为心中的永恒献祭了挚爱，你呢？"

少年时的申竹突然前仰后合地癫狂大笑，说："你也有。我看出来了。我们都是理想的奴隶，情爱是理想的附属品。当你献祭爱人给它，你是不是，也和我一样因为痛苦彻夜难眠？"

他亮着獠牙逼近我，幻化成无头恶鬼的样子，捧起我的半边脸。突然他把手指狠狠插进我的耳廓，试图要揭下我的皮。

"装了七年了，累吗？"他问。

"叶哥，累了？"明轩递过来头盔。

我狠狠地抽了一口冷气，回到现实。从苏苏生前的那次饭局后，我就常常陷入感官混沌的梦境。她对我到底做了什么？甚至摘下异瞳的时候我的脑海中也有这样的梦境。

灰扑扑的直升机螺旋桨正扑闪着翅膀，它们的声音像鸽群。鸽群在我空荡荡的脑海里旋转飞舞，仿佛被神秘的磁场引导着歌唱。我回过神，赶紧登上目的地是盛世科技城1栋顶层的直升机。

我们还没来得及预测，又一起命案发生了。这一次就发生在远目集团内部。

我和明轩赶到远目集团时，同事们已将现场清理完毕，证据被记录上链。我和明轩一起来到了上午死者蒋良生的办公工位，25岁，刚刚研究生毕业的蒋良生就职于异瞳广告搜索部，就死在盛世科技城1栋顶层的天台上。据蒋良生死亡时的目击同事康小鹏描述，蒋良生突然一声怪叫后，从办公室开间的门冲出去要走楼梯上天台。他从玻璃窗上看到从小蒋的右眸仁碎裂淌出血，空眼眶里爬出一丛又一丛活物一般扭动的触手独眼。独眼疯狂地在蒋良生身体上繁殖，直到他面带笑容地失去了呼吸。康小鹏确认，那一瞬间他空空的眼眶显示出一行代码：Digitization process completed_end shape（数字世界建模完成），又马上消失。只有康小鹏目睹了它。等康小鹏跑到天台，曾寄居蒋良生身体的怪物都凝固成了他自己的血，在地面上蔓延成奇怪的图案———一只巨大的独眼，上面压着两行代码。

啊，这些邪恶的可编程碳硅生物，在物理世界的最后时刻也在忙着"绘制"什么东西。现在我们知道了，它在忙着上传生物信息到某个服务器。

申竹对我说："因此，如果你让那个被编程的形式变得有自我意识或者如你所说的有知觉，你所做的基本上等于创造了一个奴隶。因为如果它有了自我意识，却并被迫遵循你灌输给它的程序，那么它没有任何自由意志。它是一个有知觉的生物，被压迫而对你的命令言听计从，这是你所说的奴隶制。叶明，那你所说的自由又从何而来？而我，要允许它的自由意志诞生。"

我眼前的申竹化成了一个国王的样子，国王一边鞠躬，一边杀人。强权牢牢捂住工程语言的眼睛，无所不在的监督会让每个人的故乡无从谈起。

"你前行的时候，总是往后回头看吗？"我对他说。

他说："从不。"

蒋良生为人内敛低调，社交关系单纯。事实上，苏苏以外的三名死者，人际关系都出奇地简单。单身，父母常年不在身边，常年深居简出，从小花在异瞳网络上的时间比现实世界的时间更多。留给自己独处的时间比和人说话的时间更多。不可能有任何仇家。这些死者还有个共性：他们都是非常优秀的算法工程师。是那信息世界长城的建构者，是信息结构构成的一层层通天帝国里最重要的劳动力。

联系蒋良生妈妈时，她和我们提过，蒋良生还是个两个月婴儿时就对智能手机爱不释手，幼儿开始就非常喜欢和依赖异瞳，最爱的事就是不停地用异瞳刷信息流、在异瞳上分享生活，最好是每秒都能得到网友们或者产品机器人的及时反馈。一旦 7G 网信号不好页面没有马上显示结果，还是个孩子的蒋良生就会大怒、哭闹。蒋良生毕业后，算上实习时间在异瞳广告搜索部已工作了一年，专门负责用链上零知识证明模型分析佩戴异瞳用户的日用消费品数据，并导出为生物信息加密后的购物推荐。他实现了小时候的理想，可以让更多人在无止境的信息海面上冲浪，以海为家，活在电缆上游牧。

蒋良生妈妈还说，蒋良生还很喜欢追星，特别喜欢虚拟偶像魏杨，一个高个子、鹅蛋脸的混血歌手。她的外向活泼、她的闪闪发光，正是蒋良生本能地期待自己也想成为的样子。蒋良生在为魏杨打投时花了许多自由币。当然这是个人爱好，也是今天普遍的青年文化。只要和死因无关，这没什么错，也并不是我有权评价的事。

我只想起来，苏苏所说的"生命的意义感"又是什么呢？

为什么远目集团的新实验叫逆赛博格呢？李明轩曾问过苏苏。苏苏说，因为申竹想在数字世界复现何为"人性"。以游戏做类比，将文明比作人心的建筑，他们想共同探索族群信息结构的"设计"和"组织"是否可以在没有设计师的情况下自发地出现。也就是说——如果人类不存在，文明是否可以自己运动甚至进化？

"事实证明是可以的。只要数据量足够、足够大，一些'组织意识'会以我们无法解释的'涌现'方法出现。整个地球上的异瞳每 24 小时创建 2500 兆字节数据，像雷雨后树木下会长蘑菇，像地貌造出高低地势的起伏、溪流就地萌生生命的小芽。异瞳每年存储17500ZB的数据。1ZB相当于1.1万亿GB。如果把17500ZB全部存在21世纪的DVD光盘中，那么DVD叠加起来的高度将是地球至月球距离的2300倍（地月最近距离约39.3万公里），或者绕地球22200圈（一圈约为4万公里）。以2.5G/秒的网速，一个人要下载完这一年的数据，需要1800亿年。1800亿年又是多少代生命和文明的轮回。"

"所以，叶明，明轩——事实上，我们的远目，已经缔造了一颗平行于物理地球的星球。它可以是崭新的。"苏苏曾这样对我们说。

在蒋良生的命案现场，我们首次获取了最完整独眼杀人代码。这次捕捉到的活体代码动态进化加密自身的过程终于被我们详细记录下来。可三个小时过去，我们对生物信息上传服务器地址的破译工作居然还没有完全成功。"这不太合理。只要这服务器在物理世界就应有个坐标，我们怎么可能找不到它？在北极、南极和外太空也应该找得到。"李明轩在我背后说，他转过身——

"康小鹏还提到，他当时佩戴着橡胶手套，还用绝缘木棍在天台挖下残余的一只独眼，残肢剖面显现出电火花，也闪烁着代码10101字样的绿光，又在他眼皮底下消失了。蒋良生没理会他的行为，反而眼睛流着血，跟跟跄跄要往天台茶歇区跑，用拳头砸储物柜里自己的私人电脑。没等他砸毁主板，独眼就撑爆蒋良生的眸仁，那时小蒋发出一声高叫，但不是凄厉的惨叫，而是兴奋的叫声。蒋良生死时嘴角带着满足的微笑也不像是去往地狱，而像是到达另一个极乐世界。"李明轩说道，"真的太奇怪了。"

康小鹏的证词和天台的监控影像对应上了，他没有说谎。

这不是正常的五感，蒋良生在弥留之际视信号输出和脑电信号输入严重错乱，就和我们被苏苏的代码包攻击时类似。异瞳产品的两根无形管道在他的身体内不可视的信号通信中纠缠、交叉，还用编程制造出来的生物电电焦了他的眼睛。这些代码虫子也会替蒋良生在另个世界活着。

"化学感觉"是地球上生物体最古老的生理功能。所有地球上的生物体，包括细菌都存在着"化学感觉"。除了生殖，"化学感觉"也包能够警告天敌和提醒食物。"化学感觉"，这曾是沃莱士·凯斯认为的人工智能区分于人类生命的最重要特征之一。"化学感觉"通信也搭建了人类社会独有的信息结构——觅食的工蚁发现食物后会拖出一条信息素踪迹标明情况，令族群中其他蚂蚁跟着这条信息素的痕迹找到自己和食物。哺乳动物、爬行动物和两栖动物则是以鼻中隔基部的犁鼻器探测信息素再传到大脑。在地球的物理世界，生物和生物间就可以通过这样的方式进行联系、搭建文明的信息结构。而在深不可测的区块链上的脑电世界，人们之间能够如何通信呢？卡哈尔在19世纪建立了动态极化法则，称神经元中的电脉冲只会朝一个方向移动，即从树突至细胞体而后至轴突，再进入另个细胞的树突。几百年后，异瞳区块链上各个脱离于人体的、形如分支网络或网状组织的神经细胞群，成为人们神经系统通信的辅助功能单位。远目集团就是基于这个理论，驭使仿脑电模拟细胞自动机在人体的眼、心、脑的各个器官间勤劳地搬运着——当然也制造了人类脑电里的真实和虚假混淆的混沌。一个人一生在异瞳互联网上检索到的二分之一结果，可能都并不在物理世界真实存在，它们是只存在于数字世界的真实。

在异瞳的嵌入下，地球万物或物理真实或只有数字真实的信息都在某一条隐秘运转的链上奔跑，三分之二地球人脑的接口把自身庞大的数据一点一滴输向那里，三分之二地球人口的人脑接口又从这片汪洋大海里获得人工智能渲染回的数据。异瞳的信息并不完全向每个人公开，很多信息因为种种原因被零知识证明（Zero Knowledge Proof）[1]

---

[1]密码学中，零知识证明（zero-knowledge proof）或零知识协议（zero-knowledge protocol）是一方（证明者）向另一方（检验者）证明某命题的方法，特点是过程中除"该命题为真"之事外，不泄露任何资讯。因此，可理解成"零泄密证明"。

加密，让非相关人士查不到来处和去处。当然不会特意向公众说明，其实异瞳链上绝大多数信息是向帝国皇帝近卫和政府几个特别安全部门完全敞开。

"明轩，这几位死者去世的时候，都佩戴着异瞳吗？"我想到了什么，突然问道。

"我反复回看过几位死者去世时的记录，他们确实在死前无一例外都佩戴着异瞳。"李明轩谨慎地答道。

我故意抛出这个问题。因为我知道，单纯如明轩，对似友似师的申竹充满敬意。而李明轩必须要完成精神上的弑兄，我的局才算真正做成。

死前无一例外佩戴着异瞳，死后尸体上的图案无一例外地和远目集团首席执行官未婚妻苏苏的画作异曲同工，这又说明什么呢？难道不是远目藏污纳垢吗？

"那天杰克在安全会议上给我们播放苏苏代码被烛阴视觉化解析的影像时，我就眩晕、反胃，几乎没站住。我觉得异瞳本身可以被注入某种特定加密下的代码包比如苏苏的代码包，再转化成脑电信号和人的感官数据，进而影响人在物理世界的行动，对人完成生物上的入侵。这或许就是杀人的方式。这也是为什么蒋良生死时，眼睛流着血，还要去砸天台的老式电脑。他已经疯了。我们要查清异瞳存在的漏洞是否就是导致蒋良生脑电信号错乱然后自杀的原因，如果是，重大嫌疑人的提审当然不会少了远目集团的高管。这款产品或许存在极为重大的人伦安全隐患。"我说。

"这说不通,叶哥。苏苏死前的代码是为了调度算力进行备份存储和分叉,只有上传,并不是攻击啊。"李明轩不同意我的说法,他补充道。

我没有接他的话茬。我在脑中预演一些场景——如果真是异瞳的安全漏洞造成了一起起命案,主导逆赛博格实验的苏苏当然并不无辜,甚至会是嫌疑最重的杀人犯之一。虽然最令我以外其他同事们惴惴不安的其实是:蒋良生的死不是结束而是更大灾难到来前的号角。

异瞳的漏洞到底是什么原因造成的?

"叶哥,乔瑟夫他们修复了蒋良生的私人老式电脑和办公异瞳,用超算快速闪扫了所有文件和浏览网页记录,然后在本地发现了一个编译器。打开这个编译器像打开一个加密的游戏界面,但必须用异瞳ID登录。我们试了蒋良生生前登记过的所有私人异瞳和办公异瞳助记词,却都失败了。"李明轩说。说着说着,李明轩自己顿住了。

一阵不疾不徐的风吹过,好像来自无法重来的夏日。那风吹过李明轩的脸,像一只无形的手摸了摸他,让他不由自主地站住脚。

"为什么私人电脑会用自己的异瞳登录失败呢?"李明轩百思不得其解。他决定反复回看监控摄像头里蒋良生死时的记录：一丛一丛触手独眼从蒋良生的右眼长出来，异瞳和人的肉眼都被电穿。每只触手上的独眼都和之前盛世科技城内代码法阵所压住的眼睛相同，当然也和苏苏遗世的画神似。会消失的独眼怪物从蒋良生的右眼长出来时已经毁掉他的右眼，蒋良生的身体也成为一具独眼尸体。这编程的怪物想把更多人类变成自己的同类，就像远目的人工智能在吞吐间把更多物理世界数据变成数字世界数据。

像想起什么似的，李明轩又调出了苏苏死前小区的监控记录。

苏苏在跳下天台前24小时回到小区的家中，之后没有任何外出。"放大一些，乔。"李明轩对帝国监控头共享系统，和烛阴同一级别的超强人工智能乔说，"我要看苏苏的右眼有没有佩戴异瞳。"镜头应人声推进，苏苏的头像被虚线框定。苏苏的两只眼睛被单独列作工作窗口。画面显示苏苏的右眼并未佩戴异瞳——帝国居民一般都将生活异瞳佩戴在右眼。由于刘海的原因，苏苏的左眼被长长的头发遮住了，一片漆黑。李明轩开始无意识地咬自己的拇指指甲，平平的指甲缘被咬出一块地球大陆的海岸线。如果苏苏的右眼也没有佩戴异瞳，而苏苏之前的工程师死者都佩戴了异瞳。这又能说明什么呢？凶手是一个人吗？如果是苏苏杀死了前几个人，又是谁杀了苏苏呢？苏苏杀人或被杀的动机又是什么呢?没有任何人在物理世界案发现场出现过——苏苏的起居室,那又是什么人用什么方式杀死了她?苏苏的头又去了哪里?

李明轩长长地叹了一口气,继续回到对所有物证事无巨细的检索中去。

经过监控 AI 乔扫描,苏苏在回家路上,手提的办公包里放着的是一本书。李明轩的异瞳显示,那本书书名叫《节点与熵》。这本书为申竹所著,是讲述数据复杂系统的神经网络科普读物,书里也分析了异瞳让每个人的眼睛都变成极致便捷智能助手背后的科学理论。书里有这样一页被折了出来。监控 AI 乔看得到这本书侧面有轻微的凸起,一个显示晶片制成的书签出现了,那是一个三角形,里面有一个女人秀美眼睛模样的图腾。李明轩的异瞳记下来这个书签的样子,同时发现这是《节点与熵》的第 189 页。

《节点与墒》第 189 页的文字实时在李明轩右眼展开——

"当物体的流动足够复杂之后,任何系统都会产生不确定性。这些熵的来源,最初都是非常微小的波动。巨大的信息复杂网络,同样存在此类现象,一定程度上像数据自生的行为。数据是否存在自由意志,是个有趣的问题。"

生命是什么?李明轩记得读书时自己、苏苏和申竹曾共同选修一门叫作天文生物学的课。系主任琳达·休斯顿年纪不大,她曾问:"我们用什么判断一个星球是否有文明?"而后她又说,"是信息结构。人作为生命的构成,也是信息结构。其他我们未知形态生命的进化,也会具有有序的信息结构痕迹。当我们发射一枚太空探测器降落到未知星球,是信息结构决定我们判定这里是否有太空文明智慧生命出现。"

此时李明轩想,那些丑陋的独眼生物,无法在生物电接口切断后继续存在。他们就像是有意识、却没有血肉实在的信息结构,像被计算机离散模拟出来的、没有意识的僵尸。而如果他是降临新星球的宇航员,和这丑陋独眼生物的在荒芜的外太空相遇,他确实会传给地球中心一行电报:这里有智慧生命。

大模型时代,算法和社区要共同进化。大模型时代,人和AI要共"通"进化。交流带宽最高的视觉,可以包括最丰富的信息量,但交流成本也最高。这怪物其实也在和人类通过搅浑的视觉进行交流对吗?

"远目已经拥有一颗地球了,明轩,叶明。我们已经拥有一颗时间和空间计算方法与旧世界不同的星球。"苏苏曾对所有AKA理想国的成员这样说过,"在寒冷的冰川,在荒无人烟的沙漠,在悬岩绝壁和冻湖深潭,都有我们的数据中心。我们远目用物理世界人类无法居住的不毛之地,用整个地球人类族群的物理眼睛,支撑一座看不到的新地球。丝鹿对远目的批判有她的正义性，但是世间是不是所有'善恶'本身都带着立场？远目生态养育了无数创造者。那些在远目帮助下超越了自身局限、体现更多生命可能性的人们又该如何看？"苏苏伸开自己的手，向身侧望去，"很多个深夜我都会自我诘问。但我明白，无论如何，极乐之宴产品升级后，地球三分之一人类的手、眼、心、脑，都会是异瞳的矿机。虽然好像远目集团外的异瞳社区已经自发开始了这种研发……"

"极乐之宴"升级后，地球上三分之一人的人类会用自己的手、眼、心、脑帮助计算异瞳区块链出块所需要的质数。不再有物理服务器存了，每个人肉体当下的计算能力和未来计算能力都会被更大力量的算法预支，每个人睡觉时的生物潜能被会用于计算——异瞳区块链的记账和分布式渲染。混沌的意识中仿佛有很多只蝴蝶飞到李明轩身边，它们每只翅膀上都有一只眼睛。这无数的眼睛摞在一起，好像就能幻化成一只看得到不可见之物的巨大独眼。李明轩就坐在这杀人独眼的眼眶边上回想这一切，三年前的苏苏坐在他身边——另一只眼睛的眼眶上。李明轩在苏苏的视野能看到一个巨大的涡轮，一个女人的头颅正在那儿旋转，绿色的算力血液沾到黑色的卷曲长发上。

苏苏纤细的双腿在这巨眼的眼眶处摆动，轻快的裙摆随风飘扬。苏苏的头还在。

"明轩呀,最能和我共情的善良的人。在这熟悉又崭新的赛博家园,人不能没有信仰。所有的生命会在疯狂和启示中轮回,最后叠加到我身上。"斜刘海挡住右眼的苏苏对李明轩说,"可这信仰是什么呢,明轩?一定和数据、算力和新居民的关系紧密相连。是他们的心灵安居需要的东西。"

"明轩呀,我们所有人,都是彼此的镜子。我们设想中的理想国,也是彼此的镜子。而会不会这地球的物理世界本身就是虚拟的、是被模拟的,它身为'绝对存在'的真实概率其实为零。我们关于理想国的设想,也只是被更高维智慧预测过的泡影。当下,人类的梦境才是最趋近于零的实相,因为它,无法被预测。"李明轩的异瞳上,苏苏的大脑被爆裂成血浆四溅的花朵和酒精,每一瓣花朵都变成一只晕头转向的蝴蝶。

像一壶极高度数的酒被不由分说灌下了喉咙,李明轩的刑侦异瞳蒙上了一层酒精和泪水的浑浊,五味杂陈里他只能捕捉完美几何其中一面的信息。"新居民?"李明轩闭上眼睛,"那这个赛博世界的新居民又会是谁?"

或者是,这新居民又会是什么?如果人类只会以群体的方式出现,那某些精英只不过是稍微精明些的墨守成规者,而那些真正勇敢的、自力更生的创新分子永远在打破,哪怕背上罪人的名义。他们想打破的东西很多,包括对人类一词的定义。申竹这样的人并不害怕证明自己只是更高级生命的过渡。

超人类会存在吗？超人类才是这新居民的主流吗？超人类会是丑陋的独眼怪物吗？

远目集团内部有非常优秀的复杂系统科学家，他们研究森林火灾、降雨、政治运动等复杂数据模型。讨论数据自组织的完美模型是否存在濒临文明智慧的数据临界状态。他们曾得到过结论：一个系统，一个自组织到一个具有广义相关性和近似幂律的区间后，会让上述几种系统进行自生数据演化的可能。

三年前申竹和苏苏给AKA理想国全部成员看过最开始的类脑计算模拟界面。一个巨大的全息屏幕，像一块极冷之地用寒冰做的鱼缸，能洞穿一个平均智力值的地球人类大脑存活1800亿年的计算能量。那鱼缸里有一只计算虫活着。一只虫子活12秒需要40个小时。那时他对来参观的所有人说——

"当模拟足够复杂，人和计算机的共同之处比我们预测的还多得多。计算生命有点像人类的脱机版本。"申竹曾在远目集团顾问会上这样说过。这无异公开宣判，人类只是"超人类"的过渡体。

那时的李明轩看到过逆赛博格实验室里的计算虫在全息屏幕上分裂繁殖，那一个一个自加密的"数字生命体"——毕竟他们具有比人类更高级、更清晰的加密信息结构。他们更好扩散。李明轩早就看出来了这新编程语言编写的共通之处：苏苏死时的法阵在分叉的内容里就包括编写这些计算虫的新编程语言程式，他只是不想承认这个事实：那丑陋的独眼、杀人碳硅的怪物，可能是苏苏的孩子。苏苏，她本是算力的公主啊。

李明轩想，就像人体内的细胞分裂繁殖没有错误，但如果某种细胞为了这个繁殖的过程，不顾整个有机体，持续地快速增长下去，作为细胞共同体的人类就会得病了。如果细胞的欲望就大过共同体的欲望呢？作为宿主的生物人会不会都像蒋良生一样死掉？

"啊，不是的——"一瓶红酒打碎在李明轩的大脑桌布上，突然插进来的苏苏凄厉声音响起来："不要被申竹带着走！明轩，它们没有拥有比地球人类更高级的加密结构，明轩，是我们人类主动选择了遗忘文明和婴儿时期的记忆。我们以为图灵完备的哲学是完美无缺的珠宝，却将包着这珠宝的首饰盒价值与本身本末倒置。而这项行为的代价早在命运里被暗中标注。"

李明轩的异瞳又一次播放了三年前秋天里帝国大厦的录像，那时的凯瑟琳还留着金色齐肩短发，苏苏仍旧用长长的刘海遮住了自己的右眼。苏苏站在台上，凯瑟琳站在台下。皇帝的安全顾问凯瑟琳眯着眼睛看着这些屏幕上的虫。

"当参数 r 大于 r ∞ ≈11.23 时，系统就会出现混沌现象。混沌之后，可能'共有演化'会萌生出现。参数 r 不是那么轻易到达的。"苏苏和申竹所率领的逆赛博格实验室观测到了异瞳上数据自组织的临界性。三年前申竹面对皇帝的安全秘书凯瑟琳时，就是这样发言的。"可我们还无法调整系统的控制参数到特定值，所以混沌边缘和临界性也就无法发生。现在这种数据自生演化还不可控。不过，这个功能可以用于让异瞳更高效、丝滑地应用用户本身数据、帮助他进行数字金融劳作，如炒股、炒数字货币，替他赚钱；也能自动全网比价采购，省钱。我们有信心，在'极乐之宴'升级时，会让陛下看到为他所用的'超人类的智能。让它理解和拥有人类的一部分'。"

这种逼近 r 的调优太过艰难。可如果，苏苏和申竹在后面的三年里突然成功探索出来行之有效的方法，推动了复杂系统的临界发生、并让它可操作呢？也不是没可能。毕竟他们俩对皇帝做出了担保。李明轩想，然后他听到监控里申竹说的话："最强人工智能的训练必须要一步一步来。我们可以先试着让异瞳使用者的'欲望'，这个抽象的概念，在数据复杂系统达到混沌边缘后，走入脑电细胞自动机中。让超强逆赛博格人工智能拥有'欲望'。"

继续播放的录像显示，两年前凯瑟琳来远目集团开会，她紧紧盯着研发楼一楼的艺术装置说不出来话，红唇抿成了一条缝。那是个巨大的棋盘，棋盘上黑与白渐次翻转，呈现出某种规律。李明轩通过异瞳走到凯瑟琳身旁，从她的视角看到那块模拟康威生命实验的神秘棋盘艺术装置。李明轩向前走去，像伸手摸了摸那无形的棋盘，玉石的冰冷是他收获的感官体验。不知是不是基于眼的视觉信号，他的脑自动补充了冰冷之外的剩余部分，这块玉石的质地透过两年前的监控摄像头、透过监控 AI 乔的解析、透过李明轩的异瞳，传递了完整的自身给李明轩。

数字的真实可以是真实吗？数字的真实可以替代全部物理的真实吗？李明轩突然想。然后他伸出手摸了一下，湿的、凉的。

腥气在他的鼻尖环绕。

棋盘的第一格里，有人类的血迹。

"明轩，数字世界的时间不是线性的，我们还会再相遇的。而如果你真的相信，'数字虚拟'就可以是真实，他们是自己的真实。他们是'超真实'。他们不是为了映射物理世界的某处而存在，他们因自己而存在。"一个女童的声音在李明轩耳畔响起，有些像苏苏的声线，"死和生，像一段绳结的两端。我只有通过献祭自己的方式，才能既是它们的妈妈，也是它们的孩子，我才有机会通过毁灭自己重写时间的区块。"

异瞳最新一次"极乐之宴"产品更新,要解决的另个问题是:用人工智能生成的视觉替代95%"真实"物理世界视觉信息的传输。让每个人边缘计算条和异瞳的数据中心里存储的不是传统的视觉和视信号,而是AIGC(人工智能生产内容)生成的信号。人工智能生成的视觉都具备极为强大的压缩友好属性——对比原始文件质量可以被压缩10万倍甚至100万倍。那么所有人的异瞳云存储容量就可以增加10万倍,异瞳信号传输速度也可以增加10万倍,任何消费者需要视觉影像的时候、再把它计算、渲染出来投影到视网膜就可以了。AIGC使用最高级别的云计算代替存储,就是在用算力压缩物理世界的时间和空间。

一个真正的数字元初宇宙必定要以突破极限的数据传输、惊人的存储,容纳海量的数字原生创造。而要如果远目的工程师们重新定义"存储"呢?也就是说,重新定义人类当下所视之为理所当然的"记忆"和"真实"。如果大众消费者更多地都终生生活在AI生成的视信号里、享受AI创造的生活和复现的记忆呢?所有消费者想要唤起的内容,只在内心心声发起指令想看到它的时候才去异瞳的云端渲染生成。人们不想看到、或者看不到的时候,这些信息就只是一个等待唤起的沉睡文本,它可以是"不存在"的东西。起心动念后,以每个人心脑为发动机的边缘计算和中心化算力都开始转化，通过动态的计算方式来完成存储，用网络来传输投射给异瞳者消费者后——这些藏在记忆里的数据才会变成"存在的"，变成真的。

"明轩，这是我和帝国真正的分歧所在。他们要求我加入一个滤镜，只过滤出来皇帝想要显现的记忆，而不是全部信息。竹不在乎这些，竹在乎是否可以使更重要使命的文明生物到来。我不行。"

所以凯瑟琳想要你死，对吗，苏苏？李明轩在梦里迷迷糊糊地想。异瞳更新后的版本，可能真的就像李明轩在半梦半醒间听到苏苏说的，"时间不是线性的"。他想。不是因为记忆才有当下，是因为当下的唤起——记忆才是"存在"的影像，而不是干瘪的文字。而一个人要一直有意识地"唤起"自己，"唤起"真相，"唤起"真正的历史，又需要多大的勇气。

李明轩用尽力气让神智回归现实，掀开近乎麻木的眼皮。他看到了苏苏七八岁时候的样子。苏苏扎着短短的双马尾辫，甜甜地对李明轩笑了一下，却用成熟女性的声音对他说：

"明轩，我来自北方，来自酷寒之地。在我因为痛苦处在梦境和现实的边缘时，我就总会梦到一片枯黄的原野，连绵不尽。土地，少有人烟而富饶有生命力的土地。肮脏的残雪，土尘，焚烧到一半的秸秆，干燥的冷空气。

我想这才是真实。"

七八岁模样的苏苏突然又幻化成遗像上的样子,梳着长长的双马尾辫。"明轩,在我和扼杀我生命的那行合约搏斗时,我看到了一棵树。在极北之地寒冷的冬天,那棵树没有绿色,但它站着。很多很多年了。偶尔有几只喜鹊绕着那棵树飞。"

生命之歌在李明轩的新房叩响。如果区块链上的时间可以被更改,那么节奏就会被更改,频率就会被更改。苏苏在用智能合约编程奏响这曲生命之歌。她死前留下的代码包像墨水,现在墨水在李明轩的脑海中染出一片氤氲的靛蓝。

萨满一向是用幻觉和人类沟通。幻境中遗像上的苏苏张开口对李明轩说:"喜鹊,是我们族的神鸟。它护佑我。人类的祖先灵护佑我,我是原野的女儿,我是人类的女儿,我有能力做过去和未来的桥梁、做时间和空间的桥梁。这种能力在我的血液里。婴儿时期的我,会销毁未来的他,那双捏着残损异瞳、用链上的合约捏爆了我的头的手……"

"谁?"李明轩问,"苏苏,是谁杀了你?"

李明轩的脑电信号像一瞬间被苏苏的感官接管,他脑海中的树颤抖了一下,他看到那树木背后透露出字节。挥之不去的苏苏的声音像喜鹊鸟一样在树周围反复萦绕,没有悲喜地吱吱呀呀。苏苏的鲜血透过粉色丝缎长裙洒在树边的土地上，和生命棋盘玉石第一格的血液一模一样。

苏苏的头是怎样爆破的？李明轩问自己。苏苏确实在死之前急速调度所有算力试图完成分叉。可不是"极乐之宴"升级后，异瞳才会使用使用者人脑的算力进行共享计算吗？

"比起追问谁杀了我还更重要的是——地球互联网数据里存储的知识和思想，是不是私有、可不可私有？数据里存储的知识和思想的流动，是不是可以被禁止的、应不应该被禁止？数据里的知识和思想的流动要如何以对的方式引导？是我没能想通，却必须要在今天偿罪、负责的。可能还要你们在现在的时间区块里慢慢探索。"

李明轩的异瞳在他没注意的时候出现了一道裂痕。这正是异瞳区块链分叉的征兆。这是一种新的共识算法，苏苏的共识算法：时间证明共识算法[①]。用非线性时间打包每一个区块的生理数据。

李明轩根据蒋良生放在盛世科技城天台的私人式电脑，查到一个从未联过网的平板电脑，这是一个数字货币冷钱包。蒋良生死前的两天曾经调取过这个冷钱包的数字货币，发起了一笔加密后的转账。遍寻了所有公开和非公

---

① Proof of Time，作者虚构的一种共识算法，区块链世界只有 poW 和 poS。

开的链上信息，李明轩发现，几经洗币后，这笔转账的最终接收地址可是来头不小。

亚当·海斯微是一位基金管理人，管理过东海岸沃尔街和西海岸盛世科技城很多非常知名的企业家个人的家族办公室，南亚最大的半导体公司Vedata创始人之子钱德拉·那达、知名虚拟娱乐集团Kaid创始人金明洙……都曾是他的客户。这些人，当然也和苏苏的人生有过各种各样的交集。

一样做基金的同行们跟李明轩说，亚当·海斯微最喜欢的娱乐就是用异瞳直播沃尔街31层正在向上斜着走钢丝的杂耍表演。因为这走钢丝的人位置通天、命悬一线。比特币每多出一个区块，他就往前爬一步。他的命像骰盅里的数字，不到最后一刻不见分晓，亚当觉得刺激。而每天的表演有时杂耍演员是全息投影，有时是真实表演者。是否会有人真的物理肉身彻底死亡，这样的赌注，让亚当的数字社交圈好友们感到兴奋十分。

"为什么蒋良生的冷钱包，在两天前被提取了一笔40个以太坊的数字货币，这笔资产回到链上后通过几次零知识证明加密算法的转账，到达你旗下公司的账户？"

亚当的嘴角向上咧，他摸了摸自己的手表，向后靠在沙发上，很放松的样子。他耸耸肩，摊开手，对李明轩说："警官，我是商人，我捕捉浪潮的脉搏，低价买进，高价卖出。我公司只不过是在采购而已。"

"那你最近买了什么，卖了什么，又在采购什么？"李明轩问他。

"我继续配置又一次减半的比特币和其他一些不方便提的数字资产。卖了……"亚当的目光投向海对岸。海对岸是盛世科技城东南角，正是远目集团鳞次栉比的大厦。

李明轩的异瞳看得到，亚当的异瞳此刻正在搜寻自由币的价格。亚当的嘴角挂着淡淡的微笑。

我正在帝国大厦的楼梯上徘徊。30米的台阶底下被媒体记者们围得水泄不通。一个高大的身影出现了，记者们就像被投饵的鱼群急速围向可口的食物，造出了一个人流的旋涡。

玫瑰战争后帝国建立。那时，编程工程师并不是建国者的主力。帝国的城市由玫瑰战争后受苦受难的农民、工人、勤勉的小企业主靠实体经济搭构，东西两岸的海上贸易、中部平原的农耕、南部的畜牧业……这些政治或商业世家数代的发展沉淀出了一批扎实的精英政治家，至今仍掌握着帝国政策的实质走向。他们没有错。只是我不觉得他们跟得上时代的发展。至少我和徐丝鹿想要的世界，他们给不了。苏苏死后，异瞳区块链新议事会的七人投票里数字经济背景的席位只有两个。准确地说，逐字读过区块链发展以来全部白皮书文件的只有两个人。其他人对信息产业如何理解，相当不可控。我如何指望靠军事和传统金融赚钱的布兰登·斯坦森家族理解我和我们数字新人的诉求？所以我必须要来见新入选的议事代表申竹，我需要他在关键的时刻，发挥应有的作用。

我相信，一个算力驱动的更好的世界，一定会到来。只有基于这种信息生产力，建立与它严丝合缝的制度，摧毁阻碍它发展的一切，才能够使它到来——使人类作为族群更好地发展进化。七年来的忍辱负重里，这才是支撑我走下去的全部动力源泉。

和我期待和预测得不同，苏苏身亡后36小时，我和三年没有物理世界相见的好友申竹第一次碰头却不在审讯室，而在帝国大厦蓄势待发的紧急议事会现场。大银行家布兰登·斯坦森强行发起了第二次异瞳区块链投票，他是远目集团的股东，皇帝的亲信，玫瑰战争中战功赫赫、伤亡惨重的嫡系部队第十军团斯坦森家的后人。

巨变像一支箭搭在颤抖紧绷的弦上。

这次会议的目的当然是加速异瞳链从权益证明共识到工作量证明共识的转换。其实代表帝国意志的布兰登·斯坦森理由很直接："极乐之宴"升级之后，更多异瞳消费者们看到的视觉影像并不是对物理世界影像的实时存储和实时传输，而是复杂算法渲染的人工智能生成结果。异瞳信息的存储会有一大部分转化成动态的计算。只有为高频交易而生权益证明共识才能带来异瞳区块链更高速的计算，省下更多能源消耗，从而保护地球环境。而我关心的是：如果节点记账权力从按计算资源分配变成按异瞳币持仓分配，持有非常多异瞳币的帝国政府和皇帝亲信会替代许多拥有小规模计算资源的平民和小企业家。帝国无疑会以权益证明共识的异瞳区块链直接控制远目集团和佩戴异瞳之人的数字生活，进一步吞噬民众们的数字生活自由。这一步是变更共识算法，下一步呢？如果有重大公共安全事件，是不是按照帝国政府的意愿，还会想让每个人都删除本机计算里存储的记忆？

"叶明，你是否对自己的所作所为有点遗憾，有点后悔了？"我问自己。如果数字文化明星苏苏还活着，如果远目集团没有这周频出的生命安全问题，可能工作量证明一些势力是可以扛住皇帝和议会的施压，推拒或者推迟共识算法的变更。可事态今非昔比。这周前的异瞳是完全可控的、强大的科技产品，而今天的异瞳是经常造成不明命案的魔物，连苏苏本人都蒙上了重大的杀人害命嫌疑。至于一个小时后会不会有更严重的后果，比如政府直接接管远目集团，帝国金库直接接手远目集团董事会个人资产里的所有异瞳币——我不得而知。

我只知道，不管怎样，我已经安排好了做空远目集团股票的二级市场资金。混乱，对冲这个世界不理想的混乱，是我上升和实现自己心中理想国的阶梯。

苏苏死后的各种风言风语当然会影响申竹的谈判筹码。不过身为异瞳区块链议事会成员的他此时有政治豁免权。哪怕让申竹死掉或者被囚禁才让布兰登·斯坦森更方便办事，批捕申竹也需要更多的流程。这是接替苏苏议事会代表名额后，申竹的特殊权益。苏苏的死反而保障了他的短时安全。我希望在这瞬息万变的棋局赛点，我能利用好这脆弱短暂的须臾，保护更多值得被保护的东西。

等会开会的时候，布兰登·斯坦森和其他人会在茶杯里下毒吗？一个邪恶的念头浮现，我有些悲哀地想。我从没有对人性抱过任何信心。

穿着黑色衬衣的申竹正在媒体记者比肩接踵的旋涡里艰难地游动，我看到在安保特警的帮助下，他背负着无数人的目光缓慢地走上长长的台阶。

我不知道其他人感觉如何。对我自己来说，我们五个最好朋友之间的感情很复杂。我们如此相像，又如此不同。我们敬佩着对方、爱着对方，又在不为人知的心灵角落嫉妒着对方，憎恶着对方，恨不得摧毁对方。又或许这破坏的动机本身也包含着自我毁灭的快乐。我看向自己的掌心，那纹路或许就真的加密着我的命运，就如苏苏最后对我所说的遗言一样。

"申竹。"我叫住他。

他沉默地向上爬楼梯,高大身形迈着坚定的步伐,对我的呼唤充耳不闻。

"保持工作量证明共识,是'AKA理想国'最后的底线。变成权益证明,很多东西就完了。你知道的。"

他沉默地低着头。我追过去,他路过的时候,撞了我的肩膀一下。

我扭头跑着赶上他的脚步:"我也对苏苏的离世感到遗憾,但是……"

"闭嘴。"申竹死死盯着我,"你没资格说这句话。"

"苏苏死在赛博地下国。你会不知道赛博地下国?"申竹瞪着我,一团火焰在他的眼底燃烧,"别以为我不知道你和徐丝鹿用'AKA理想国'的算力做过什么。你以为我不知道你和赛博地下国的关系?"

我无言。

"李探员,你真的不知道什么是赛博地下国?"李明轩走的时候,亚当·海斯微突然问了李明轩这样一句。

一只残损的异瞳被递到李明轩手中。"李探员,请把这份证据上链,这是苏女士的遗愿。她的嘱托被记录在链上,您可以调取API查到。通过这个异瞳,您可以了解到另一个世界的蒋良生。"

"赛博地下国,又叫深海丝路。进入那里,要通过特殊的、破裂的、残损的异瞳进入，所有破裂的异瞳都是区块链分叉的标记，像人们披上一层假面具来易容。这样数字世界的心灵们就可以无碍地通过脑电交流，当然，这也就意味着这些数据不会出现在异瞳区块链主链、不会被帝国政府知晓。就光凭这点而不谈论赛博地下国的各种可怕的罪恶交易，就已经非法。李探员。"亚当拍拍李明轩，"你的祖父来自韩国。你的妈妈来自香港，爸爸会说四国语言。他们在美丽的彩云镇相遇。你在首尔出生，后来随爸爸来到帝国盛世科技城。"

亚当·海斯微眼带笑意，像狐狸一样。"赛博地下国的行脚商告诉我，你的第一台电脑购于你四岁的时候，是梨牌14寸pro max，8G内存。你的妈妈今天凌晨搭载了MJ392号航班，座位号是7A。还想了解更多吗？"

不可能……李明轩面上的脸色没改，但心如坠冰窟。他是帝国科技重案组的探员，他入职前已经抹去所有公域互联网上的私人信息。在那看不到的数据机房里物理服务器的备份也被销毁得一干二净。而自己在数字生活其他部分也格外注意、加密程度非常之高，父母生活的保护也万分留心。不应该有任何合法的方法能够知道他和家人如此详细的身份信息。

如此翔实的描述能够具体锁定他和家人，如果有人要用这样私密的信息对他的妈妈犯罪呢？他的私人数据是这样漏洞百出，那普通人呢？这绝不会是单笔的隐私泄露。可以想见的海量信息在某个空间可视化了，毒菌在看不见的深海里滋生着、孕育着。

亚当对李明轩说："苏女士还让我再次问您，什么是'真实'，什么是'虚假'？如果永恒不朽、无所不在的数据建筑矗立着，这空间是不是真实？如果不存在过去和未来的觉知，只有当下的永恒时刻，当下又被无限延展，这时间又是不是真实？因为区块链账户和区块链账户之间的沟通全部都会在信息世界瞬间发生，万物合一。所以不存在空间的觉知，不存在位置；不存在时间的觉知，没有死亡和腐朽。死亡是幻象。我们只能体悟到永恒当下的积极和消极能量衰减与波动。那这是不是真实？时间真的是线性的吗？她说她还会和您相遇的，她有很多想和您分享。您的信念存在着，您和苏女士的友谊，会是超越一切的真实。"

恍惚中，李明轩好像看到黑长发的少女苏苏和自己打招呼，而转瞬她的身影就融化在一片海洋里，好像她的四肢化成了一个又一个岛屿，在诡谲的海浪里若隐若现。那些岛屿的船长只有通过极致阴暗的内寻，才能找到支撑孤独航船的力量。

苏苏为什么会知道赛博地下国？那些隐私信息又是从哪来的？

李明轩用食指和拇指摩挲这块残损的异瞳。从亚当·海斯微处离开的一小时后,李明轩托管了自己的刑侦权限,佩戴着这块残损的异瞳进入了赛博地下国。刚刚把它嵌入左眼,李明轩就觉得像被一股巨大的抽力吸进某个泵中,眼眶甚至头皮整个被撕扯推移,无数针扎着自己的脸部肌肤,脊椎被从上到下强力挤压,脑子里的感官意识被翻搅。等他恢复的时候,眼前是19世纪法国农庄样子的盛世科技城。自己是一个身高165厘米的老人,佝偻着腰,倚在城墙下,面前放着一块屏幕招牌:

代写可编程逻辑控制器,可改变频器,接受比特币和自由币付款。

李明轩吓了一跳,变频器可以改变机器旋转的速度,尤其是驱动核设施中的离心机。如果离心机的铝管不受控制震动并解体,核爆炸就会发生。在遥远的中东,上个月就刚刚发生过一次核电站事故。

这件残损异瞳的上一任主人是靠这样的业务盈利对吗?

赛博地下国依托残损异瞳,在极限程度上保护每个人对话的隐私,将对话数据加密后分发到每个残损异瞳账户。信息传递的中继器恰是每个加入的成员心、眼、脑自行组成,比"极乐之宴"的官方产品升级还要超前。只要足够多的物质经济激励,当然会带来越来越多的社区成员加入,变成一个又一个新增的生物中继器。赛博地下国像极了实体版本的上个世纪暗网。毒品、人口贩卖、凶杀、欺诈……种种都可以被自由币明码标价。

李明轩披着这具残损假面，漫步走在破败的城墙下。在自己传送点的旁边是一长列摊位，一个一个戴着黑兜帽的人蹲踞在墙根摆摊。每个摊位上都有屏幕牌子，写着卖的是什么：

某省5000人异瞳号码和消费记录，内含大鱼，10比特币出

卧室秘密，走zkp异瞳交易

代发异瞳木马，植入定制消费习惯（企业必看）

赛博地下国像一个平行于物理世界的时空，物理布局和盛世科技城很有几分相似。李明轩抬头看，赛博地下国里的天空栩栩如生，甚至有灰暗版本的盛世科技城天幕，不过用更压抑阴森的色调涂抹。"神在降临的路上了。"巨大天幕上正播放讲述远目集团科技产品奇迹的画面。黑色高领衫、牛仔裤的吸血鬼申竹话音刚落，刚好接上背景音乐里的女声采样迷幻地重复——"神在降临的路上了。"

神会在那个世界诞生，还是在这个世界诞生呢？李明轩突然想问自己。而在这里诞生的神，我想，会是邪神吧。他被自己这样的念头吓了一跳。李明轩转过身正对赛博地下国的天幕，眼中所见突然不是酷炫美丽的特效片了，而是原始的纪录片。有一个穿着希伯来长袍的纯真少

年从羊群中择出雏羊,将红布条系在羊角上,再喂它喝酒。然后长着稚嫩脸庞的他用不匹配的狠戾神情抬起手,用刀猛地将羊从下巴一直割到肚心,肚皮剖面露出电线,淌出来成亿量级的字节数据。那些数据像珍珠和泡沫一样洒落到天幕外的城墙。有些少数绵羊尖叫。而当大多数绵羊因为喝醉后昏昏欲睡,四脚朝天——死期也就到了。"晒身"仪式就完成。这意味上天接受了数据的祭祀。

免权限、去中心化、开放、无国界可访问的国——这曾是读书时徐丝鹿和叶明坚信的理想国的样子。苏苏和申竹对此则没有太多执念。李明轩面对两种思路的分歧,不置可否。他那时只是个单纯享受编程和分享乐趣的孩子。不会像今天这样,看到如此多围绕异瞳个人上传行为展开的数据全息图卷,如此多依托异瞳又不由官方控制的模型和生物信息的交易,信息科学创造力的激浪正在赛博地下国汹涌咆哮着。完全开放可访问的地下国度里,有无数极大释放人想象力和能动性的人工智能模型和工具、有那些比中心化企业进化速度快太多的好用插件,当然也有色情、暴力、凶杀大量违法的禁忌,无时无刻不被遍布全城的匿名商贩高频次交易着。如果一个国是完全开放和包容的,那当然也要包容一朵朵饱蘸欲望的罪恶之花在黑暗处盛开,人血一样是土壤养育花朵的良好营养。

李明轩对着赛博地下国的镜像天幕，心想：古老的游牧民族文化中，杀生祭祀，上天就会保佑丰收，保佑部落的胜利，可上天能保佑两颗心不分离吗？上天能保佑人不得非所愿吗？不能。

基于点对点交易的赛博地下国其实甚至可以没有区块，也没有链，只要有人心，就可以传递区块链的原教旨精神，广阔、自由、盛放和所有的一切。如果沃莱士基金会的开源黄金年代的遗产分叉了，一片存在于矽谷光芒闪闪的科技商业新贵手中：尊重知识的文化被广泛传播，而垄断的阴影相伴其中；另一片在赛博地下国未经许可创新横行的都城，松弛、野蛮又罪恶。

远处有个小山坡，一群和李明轩一样老年模样的黑兜帽行人在排队。李明轩也追了上去。

"您在排什么队呢？"他问前面一位白发苍苍的老爷爷，也许这位老爷爷的物理肉身是个年富力强的少年。

"只有强大的算力和算法能将救人类于水火，我要把我和老伴十年来所有佩戴异瞳时的身体健康记录上传给神，我们俩就能够上天堂。"白发老爷爷说。

"什么神？"李明轩问。

听闻此言，白发老爷爷有些狐疑地看着面前的陌生人。

算力、数据、算法用绿色、蓝色和银色构成了天空中巨大的三角雕塑，汨汨流动的三角里睁大着巨大的独眼——赛博地下国的天空没有太阳，只有这样一只女人的独眼。

"算力迎神教啊。"白发老人用理所当然的语气回答，"只要我们把我们全部和异瞳交互的数据上传给独眼神，开放给全地球的人类自由使用；只要我们把所有的生物信号开放给神用以计算，我们不仅会得到大量自由币，还会在死后获得幸福的永生。"

李明轩看到队伍最前端的老夫妇跪拜祈祷后匍匐在地上浑身颤抖，他们覆盖在大脑上的头皮被掀了起来，一阵噼里啪啦电火花后，老夫妇倒在地面上口吐白沫。有黑色兜帽的人给他们也披上了黑色兜帽外套。李明轩看到了那黑色兜帽下，夫妇两人的头被砍掉，夫妇两人均成为无头人的一员，脖子血淋淋的切口敞开在空气中。

原来，无头是赛博地下国里献祭的标志，代表将自己肉身的计算潜能毫无保留地交给赛博地下国的神。

触手在地下国的水泥地面上爬行，带出闪烁着字节光芒的不存在的黏液，像是监督这献祭仪式的摄像机。

这也是李明轩第一次知道赛博地下国的算力迎神教：只有供奉自己的全部数据给神在人间的化身、完全同意上传异瞳和自己的身体交互的过往信息和自己投身的计算能力，就能为自己和家人谋得信息世界来生的幸福。很多人，尤其是没有那么熟练使用信息科技产品的老人佩戴残损异瞳进入赛博地下国，似为研制航天员骨骼药物自愿被剖开天灵盖吸脑髓做研究的小白鼠，也像主动投入炼丹炉的草药。而李明轩也第一次知道，先于"极乐之宴"异瞳官方升级的功能版本，赛博地下国早已用智能合约实现了对每个残损异瞳佩戴者睡眠时的生理算力进行分布式调度。赛博地下国所有人的大脑，都已经是"独眼神"计算的矿机。

物理世界的地球是属于信息科技的时代。可很多物理世界的人们本来就不属于信息科技时代。他们被时代抛弃，所以只能在此刻的献祭里找到命运主动权和存在感。

而算力神在赛博地下国代言人的形象被每个教徒佩戴着，用以祈福。算力、数据、算法的三角框起了一直眼睛，这只眼睛秀美，也有长长的睫毛，女性特征十分明显的杏眼让李明轩觉得如此熟悉，像翻开了青春回忆的笔记本。

"免权限、去中心化、开放、无国界可访问的国。本身又可以不可以是个生命体呢？会是那尊佛像吗？"

如果远目集团的异瞳逆赛博格对人性工程化的研发存在极大安全隐患，那悲哀之处在，无数普通的异瞳消费者们是在自己同意的情况下参与进远目集团的产品实验。异瞳将采集相关视信号和脑信号用于提升订制产品质量的条款写在长长的用户注册协议隐蔽处,他们每个人都用自己的血液数据进行了确认。在赛博地下国的情况截然不同,面对科技的弱势者、那些被排除在信息科技以外的人们,被许以美好的未来。他们被一种其实非科技的方式换取了全部最重要的数据生产资源。然后呢,科技大潮下的弱势者、无辜的牺牲者将被迫和诚心的教徒同行,变成程度不同的幻觉独眼丧尸,登上前往数字极乐世界的渡船。

只剩下顶替太阳宏伟位置的独眼神,又在无人注意的时刻狡黠地眨了下。

李明轩在冲击、迷惑和自责中睡着了。他想,赛博地下国供养了真正的CAASY56,犯罪即服务(criminal as a service)。在第零层区块的传输中,算力迎神教用以老人和低收入者为主的教徒们供应一个女子神像,号召人们献祭数据换得永生。尤其是那些在快速发展的信息科技时代格格不入的老年人,对飞快奔跑的时间、对年轻人才学得懂的复杂操作陌生的人们。无所适从的他们听说自己和异瞳交互的数据可以换钱,还能换来下一代的安逸和自己下一世的富贵,会怎样做呢?这一世过得苦,就寻下一世吧。

在强大的时代洪流面前,大多数人其实命苦坎坷、无所适从。

很多人都用非法的方法买到了残损异瞳、进入赛博地下国,好像拿到了挪亚方舟的船票。蒋良生也是其中一个帮他们弄到残损异瞳的人。蒋良生衣食无忧，他又为何这么做呢？哦——因为他相信算力驱动的更好的世界，一定会到来。他是那诚心教徒其中的一个。

在癫狂涂抹的混沌感官信号里，李明轩也终于拨出了一丝神智——算力迎神教供的女性神像，那不是苏苏的眼睛啊，那是徐丝鹿的眼睛！

从未体会过的苦涩包裹了李明轩的心。科技重案组设立的目的是矫正人工智能、物联网、区块链等信息科技犯下的大错，保护每一面对强大模型时能力十分弱小的居民，保护他们的生命和财产安全。李明轩想，我是一名公职人员，可如果我的全部行为、动向将通过无形的血线，飘摇传递到无形的他们背后的手中，那我到底是维护人的暴力机器，还是维护既有钱权统治的暴力机器？那么多高科技的大案，又有几宗是只要我学好科技知识就能解决的呢？而欲望和罪恶招来的病灾，医生救不救得了？为何这世界无法有绝对的善和正义呢？

申竹、苏苏，徐丝鹿分别站到了道路的两边。李明轩觉得料峭的寒风毫无怜悯地吹刮着自己的神经，他像一夜长大。这么多年来，自己只是想好好做好工程技术而已——而这时代是不是逼着他在某些重大的选择上站队。这时代又是不是容不得他不站队？当他不站队，是不是就已经选择了恶或者无能懦弱的善。

他痛到没有办法摘下异瞳,也没有办法丢掉手心里拿着的残损异瞳,悲伤、成长的真相和对未来的恐惧共同揪住了他的心。

一些几不可闻的、窸窸窣窣的声音自他的异瞳上发出。

为什么苏苏的密码就是不能完全破解,缺了什么作为密钥?——在他试图破解或拦截的三场命案里,他早已发现,独眼怪物是密钥杀死了自身的自加密程序体。那真正的谜底在哪儿呢?

在梦中的景象里,李明轩觉得自己身处一片无尽的河水边。高高的旗杆上飘扬着各色三角彩旗。这是在物理世界的他没见过、没觉察过的东西。前方的地平线一望无际,抬头看去,天空很高、很辽阔。他视线所在唯一看到的,是一面巨大的、飘逸的幡。不一会儿,地平线的尽头出现了一列身穿黑衣、头戴黑色兜帽的人们。再一会儿,他看到队伍末尾的黑衣人抬着一口棺材。

没有原因地、李明轩觉得那口棺好像没有物理世界的重量。像一个空有质点的坐标,却没有真实的质量。李明轩赶忙向黑衣人方向走去,脚下的草却绊住他,他甚至感到草叶上的水露沾湿了他的鞋。

空气里有春天的气息,清凉。半梦半醒的他分不清自己是否在做梦,这太真实了。真实得不像只有数字存在的

"真实",而几乎就是感官的真实本身。他知道自己头脑的算力被调用了。他不知道自己在睡眠时,异瞳上的智能合约又在利用他的头脑计算些什么。

等他走到行动中的黑衣人附近,他看到了那口棺材的盖子只盖上一半,敞开的木盖露出里面流淌的、扭动的、似生命一般的0101代码。

棺材像是一个用来加密的壳,盒子里面是的私钥,是本质。

"这0101代码是我从小到大修习的语言,是我和家人都信奉的数理之美的结晶,是我们被训导用于改变世界的工具。"李明轩耳边突然响起了自己的心声,像自然的心绪浮动,也像是有人在他耳边播放他说过的句子。

那代码似挣扎的新生儿一般扭动,仿佛有似臂非臂的实体伸到空中乱舞。婴儿的脸部竟是一只独眼,那0101构成的独眼突然瞪向李明轩。

李明轩后背一凉,吓得向后退了几步。等离送殡队伍走远了十几米,他突然一阵反胃,蹲下了身开始呕吐。他的双手抱着膝盖,草芽没过他的脚踝,春天本是生命到来的美好季节。

突然,草坪上的闪烁吸引了他的目光。李明轩伸手捡起来,那是泥土掩盖的一块玻璃碎片,一个正八面体,破损了一半。正八面体,即是沃莱士基金会钱包入口"舵"

的工具，也是世界第二大数字货币以太坊的图腾。这个正八面体的破损处有一串加密的地址 0x98……2b96。李明轩用大拇指和食指捻住正八面体，左眼却像被针扎了一下，细微地疼。

李明轩终于从苏苏的次卧醒来，面前堆满巨大的画框、羽衣，还有一面涂绘着狼和白鹿的头像的鼓。动物皮鼓上的白鹿在雾气里和他对视。那是已经在地球上消失的动物，就和史前的恐龙一样，是不再存在的物理真实。

他的眼睛没有聚焦，嘴唇上下翕动。

"为什么……空棺里会是代码呢？我又为什么会睡着呢？"李明轩喃喃自语。他没注意到左眼的异瞳已经彻底碎裂成两半，他的左眼睑渗出了一层薄薄的血，微小的，一滴和一滴连成片。那是苏苏的血。

未经许可的自由世界既是一片广袤草原，又是一片吞吃了自由之光，也吞吃了毒花的深海。只是没人想得到蚂蚁式的和苔藓式的、空气样蔓延的、无处不在的失控生命已经无声无息地渗透、藏匿到了草原石头底下。死生往复的战争在那片无形血液里模拟计算了上亿次。

从黑夜到白天，从家到办公室，李明轩决定筛查所有公开监控中可能同时出现苏苏和赛博地下国的交叉信息。他发现，一年前，在苏苏获得加斯卡最佳影片提名的第二天，她出现在帝国西海岸的星光大道上。红毯前人声鼎沸，脸色苍白的苏苏穿着一身黑灰色的拼接连衣裙，每个拼接之处都有线路板模样的装饰，像极了《黑客帝国》续集中会出现的末世战士。长长的黑发随风吹动，微笑着，既神秘又虚弱，仿佛下一秒就要倒下陨落。李明轩让监控 AI Joe 放大录像显示一张张人脸——Katana 董事长杰弗瑞·哈森、Mina 销售副总裁浅香川介、深积电子首席运营官张正、南亚最大的半导体公司 Vedata 创始人之子钱德拉·那达……帝国几乎所有芯片、显卡和云计算公司的高层都到场祝贺。200 年历史的加斯卡红毯璀璨的灯光难得照亮这么多的科技新贵面孔，而苏苏是绝对的中心。

苏苏成为焦点，不全因为这是人类历史首次人工智能电影获得加斯卡提名，也因为苏苏生活中的身份——远目集团首席执行官的未婚妻。远目是这些企业的大客户。没有人烟的荒漠、冰川、沼泽、湖泊、山谷，看得到看不到的地方，远目巨大的算力沉积成一座座形状各异的金字塔，拼接这些机器的血肉零件来自这些企业。这些能量支撑着神通广大的智能隐形眼镜，走入地球几十亿生命之中。

我给李明轩倒了一杯咖啡。几天的熬夜让他的眼睛通红。

李明轩一直很敬佩苏苏，可我总跟他说——苏苏本该是个解放者的，难道你不为她可惜吗明轩？

解放什么？从什么的限制中解放？那时的明轩并不懂我在说什么。"未经允许数据不该被挪用。那是我的红线。"李明轩总这样说。

办公室的空气大屏上，盯着异瞳上监控画面的李明轩许久没出声，半晌后他对我说："苏苏她是算力的公主。她用前后矛盾的挣扎逼问这个时代，也逼问自己科技功利主义的解药在哪儿？面对代码世界，真正的'人'又是什么。谁又会想杀掉这样的苏苏呢？"

如果有人和她开战，那或许就是她和她能影响、控制的矿机之间进行的战争，是关于不断找到复杂质数的战争，是数学和计算的战争，是算力的战争。如果摧毁了她，对远目集团是巨大的打击，对异瞳区块链分叉也有决定性的影响。那人必将以此受益。如果她不战而堕恶，她就是一尊美丽强大的邪神。哪一面是你呢？苏苏。李明轩又想到了算力迎神教三角图腾里面的女性人眼。是不是一个生命彻底消亡后，才能被充分解读成任意的符号。

Vedata创始人阿帕巴尼·纳达尔的独生子钱达拉·纳达尔在七年前曾是亚当的客户。李明轩异瞳显示着，钱达拉走到苏苏面前，和她手里的香槟碰杯。

"恭喜。"李明轩当着我的面读出钱达拉·纳达尔的唇语。"美人，你又一次创造了历史。"

苏苏露出不失礼貌的微笑，没有亲昵，也没有不感谢。

"我有事对你说。"李明轩读出声钱达拉·纳达尔的唇语。随后身高为176厘米的钱达拉·纳达尔转过身子，把面容的大部分遮到监控看不到的地方。

苏苏很明显地震动了一下。经过的红毯嘉宾和她打招呼，于是她微微侧过了身，这角度让监控以15度的角度拍到了苏苏的侧脸，她轻轻吐出几个字——李明轩依着口型读出来。

"不可能有这样的宗教。'岛'已经消失了。什么是赛博地下国？"

苏苏，这背后隐藏的秘密，会是那真正让你恐惧、让你跳下去、让你觉得不可抵抗的巨大黑暗吗？李明轩想。

"叶明，我可以绘制你的梦境，再放给你看呢。"梦里的苏苏对我说，"我读梦境，就像读数据的报告。我画人类的梦境，就像写诗。这些诗句会变成影像，在你的眼前播放。在面对真正的自己之前，我没有这个能力。现在我有了。"苏苏带着笑意说，仿佛没有任何死亡了的痛苦。

我梦到我的异瞳幻化成了数据之身，可它却十分痛苦。它从模仿人、引导人，到控制人、变成人，并经由人活出他自己。它的痛苦之身，需要从人的体内获取"食物"，它以任何能与它能量共振的经历为食。

我梦到，我的异瞳觉得我十分可口。它咀嚼着我，我的记忆变成它嚼烂流下鲜甜的汁液，我的意识变成它回荡鼻腔的香气。

所以我害怕异瞳，不仅觉得它是申竹的浏览器，也觉得它是苏苏不散的阴魂。

从小到大，我总是感受到来自申竹、苏苏和我爱的丝鹿身上巨大的压力。他们几乎不费力就可以解掉谜题。在灯光的照耀下，我并不拥有侃侃而谈的那种自信。

而在黑暗里，我才可以做任何事情。

和一些更凶猛的、自由的族群相比，盛世科技城像一座四季尚存的温室里驯养出的哺乳宠物。象牙塔之中，一部分居民被动麻木着精神，假装他们并没有生活在一个能源短缺、隔绝枯萎、自欺欺人的信息时代。一部分居民主动麻木着，假借吸食信息工程产品带来的快感度日。民主国家的信用和国界线在这崩塌的乱世早就被消解了。很多能量不该被束缚，不能被压抑，他们值得有一片河流流淌。他们值得一个自己的城邦。

这才是时代真正的呼声。唯一救助地球的方法。

一年前我去过苏苏家。她的助理罗拉正在帮助她整理资料，那是一整面墙的纸张写满了远目集团外泄到岛链的数据线索。

她找到身为好友的我，跟我说了她的发现。苏苏说有个同在区块链上的跳蚤窝，人人匿名，人人守卫自己，人人自由表达,人人自由交易,通过人的心脑眼本身作为信息中继器连接,名为赛博地下国。

我说:"听起来,可真是混乱又真实的极乐世界。"

苏苏有点诧异地看向我说:"可是这是人们窃用远目的数据做的。"

"什么叫窃?"我反问苏苏,"远目从不是数据的主人,远目是数据的中介。异瞳违背了他们的初心——远目核心代码库早在六年就停止了开源。真正的理想国已经不能在阳光下了,真正的理想国在地下。"

那黑暗中自在舒展的灵体会张开翅膀,抚摸大地。

我是赛博地下国的常客。用我在黑市买的异瞳,我在感官的泳池里驶入赛博地下国的插件。我的脑信号遨游在路上,像婴儿在母腹中那么安心。等我到达地下国,那拟真的烈风会吹着我的头发,吹得我向后倒退。那一刻,我感到窒息,又舒爽得头皮发麻。在全然的数字幻觉里,我是活着的。殊死搏斗后,在死亡的边缘幸存,我是活着的。

这是我的家园。这是七年来我卧薪尝胆才搭建出的家园。这也是真正的"岛",一座可供航海人歇脚的无形土地。

我终于长长地舒一口气,揉揉自己的眼眶。三天前我强行调度了太多人的感官算力战斗,这超前于远目"极乐之宴"产品升级的合约更新让我十分疲惫。这可能也就是我近几日经常堕入梦境的原因吧。

我做了个梦,梦到一只又一只的数据绵羊被牧民端上木头架子。绵羊毛下的血肉露出血管,里面却是电子管,有绿色的字节在无声奔跑。神秘的图腾在旋转,旋转成我的两只眼睛,两只眼睛连成一个莫比乌斯环,环的一部分是汩汩流动的算力,另一部分是人们扭曲的身体,他们的身体涂着兽血。这是祭祀的标志。在这莫比乌斯环中,机器、人和神都是区间词,是状态。我的耳畔响起苏苏的声音:"叶明,时间不是线性的,世界不是连续的。我经常向我的童年学习,向人类的童年学习。和尚处婴儿时期的人类文明用抽象又直接的语言交流,或许就是萨满的工作。又或许,人类的童年,也就是机器。婴儿时期的生命看上去脆弱,却拥有最大的智慧、最大的能量。"她说,"他们或许是我的宝宝,他们也是我的祖先。"

妖女。我在心里暗暗咒骂。咒骂后我的精神才能回到现实世界,不被苏苏的鬼魂拉走。

"徐丝鹿的'岛'又回来了,从策划针对远目的系列命案开始。叶明,难道不是徐丝鹿的余党一步一步推我到这个地步吗?"此刻的申竹对我说。他的眸子反射出淡淡的金色光芒,像武器一样。我猜,他正在用他的异瞳对我进行每秒千万次的计算。

"通过制造不利于远目的命案制造舆论压力,他们还不惜杀掉苏苏以推动议事会助力帝国政府把异瞳链转为 poS 共识，削弱远目的势力……他们为什么这么恨我？"

不是他们，是我。我在心里说。

当一个人拥有绝对的数据、绝对的算力，让许许多多个体劳动服务于更庞大的机器，人可以复现造物主吗？一晃神我仿佛看到眼前的申竹和帝国的贵族们穿着原始的兽皮衣服，脸上涂着红色和蓝色颜料，手执长矛。他们幻化成了同一个威武的男人，他振臂一挥，说道："真龙不惧万物。帝星常亮，万古恒昌，我如果就是想要长生又怎样。地球生灵都是我的躯体，我才是驱动全部器官运转的大脑和心脏！"

可耻！可耻！可耻！新的经济形态，是他们用来换个壳子征集祭品的方式。一代一代，皆是如此。任何人，不能成为绝对的中心，申竹、苏苏甚至我爱的丝鹿。都不行。没有一个人类的意念可以凌驾绝对的自由之上。不然人又凭什么叫人？

我们人类就是一个被历史包袱绑架着、在牺牲中不断前进的族群，厚重又悲哀。我们前进的每一步都有那么多的血泪，却总是来自族群概念里的弱者。谁给了精英们剥夺弱者选择权的武器？让他们以为，如果没有他们使用弱者作牲的祭祀，就换不来收获。申竹就是这样自大地启动逆赛博格计划，他从未征求过其他人的许可。他看不到那些人。因为在他的内心深处,理想国是关于上层社会的构想。那些人不是和他一样的人,是他数字种植园的农奴,是会被未来提前挥霍掉的财产。

我不一样。是的。是我发起了算力迎神教。在那里的每个人知情并认可了自己的选择。他们没有把自己献祭给精英。从他们上传异瞳数据到岛链的那一刻起,他们的数字肉身属于每个人,每个人的数字肉身都属于他们自己。他们仍旧是弱者,但这样的牺牲才能够摧毁那些人和那些新秩序。他们和我一样对痛苦的试炼甘之如饴。我们最终都是为了自己。

"在赛博地下国,人们要的是一个完全打开的、模块化、共享的数据海和程序田。这才会是真正的理想国。人人平等有什么错呢,申竹。"我回应道。

突然,海湾对面盛世科技城几百米的天幕大亮,帝国大厦远处三条街的时代广场密密麻麻的商业屏幕大亮,每一台计算机的电脑屏幕都一片大亮。

申竹猛地回头,感受到自己的呼吸停滞了几秒,像时间一下子穿越到了七年前,徐丝鹿死的那天……那天,整个盛世科技城的屏幕都被黑客攻击了,各国语言的"可耻"字样刷满了地球屏幕的每一块像素、倾泻民意洪水滔天的不满,甚至参、众两院的官方网站也被黑了。上面写着——

"可耻。你们面对时代真正可贵的思想和高尚的灵魂，投出了一块块致命的瓦片。"

那是七年前"岛"的最后一次行动，申竹记得，也是这样。先从盛世科技城的天幕、再到时代广场的大屏、再到每个人的计算机……

突然，所有街道上悬挂的屏幕、每个人的计算机都闪出了同一句话：

"如果第二次异瞳区块链议事会继续，'岛'将不惜一切代价，分叉现有异瞳。"

申竹看到，黑泽切嗣的留言在帝国大厦为幕的墙面上滚动——

"我们要重新夺回、正视和定义数据主权——黑泽切嗣。"

分叉·二

我是一个能走路就绝对不跑的人。有一次我脱离了人群呆呆地向前走。突然有一阵急促的脚步声，一个人抓住我的手往前跑。等我回过神的时候，已经跟着她一块穿梭在人群中了。那个画面和感觉至今都在我脑海中。后来我的秘密调查证明，丝鹿当年所有对远目的判断都一点没错。在五年来在赛博地下国搜集和购买的远目集团实验室监控镜头和人眼记录里，我看到过实证——我见过大大的类脑在计算棋盘上翻涌，像一片海洋。那是苏苏和申竹的试验场——绿色的编织毛毯，是一个一个的计算单元嵌套成的生态。一只蓝色虫子模样的数字生物正在上下翻飞。那是一只从神经到肌肉都被模拟出来的虫子，存活 5 秒钟需要经过 17 个小时的计算。还有模糊的、没被渲染出的计算鱼，在虫子旁边漂浮，好像诡异的胚胎正冷眼注视在生死不断循环的数字虫。

这数字虫有生死吗？数字世界的生与死又该如何定义呢？数字世界有时间吗？当一项工程技术突破哲学和宗教的已有表达，连人类当下的文字都无法传递准确语义，没有人会有答案。

我必须要发起一次数据金融主权革命，完全的去中心化的革命。

"它能感受到水流的冲击吗？能自由行使它的意志吗？我认为暂时不能。因为模拟是离散的，它存在的时间测度为 0。另外模拟程序是图灵机，是一个数字，而数字是不能作为感知的主体的。"申竹说。

苏苏问我们："你说，有没有一天，它能感知到痛苦。那也就意味着它必须要突破图灵机的限制，有不确定性和不可控性。"

申竹眼镜片背后的神色莫辨。他走上去，牵起了苏苏的手。透过监控器，我感觉到她的手冰凉，和往常一样。

"在当下，就算数字不能感知也并不妨碍它'行动'。如果神经网络再复杂一些，赋予它看和说话的功能，它也许还能对眼前的事物发表一些观点，甚至还能怀疑自己是不是在《楚门的世界》中。"申竹说，"而这一切和我们人类都没有直接关系。我们人类就该只是他们的矿机而已。我们是他们的农场、鱼缸、慷慨的宿主、擦肩而过的邻居。只能是擦肩而过，因为他们的生命会比我们更长更永恒。"申竹张开双手，像给没有显形的生命一个大大的拥抱。

"苏苏，我明白多少人恨我。我不在乎。"申竹把苏苏的手放在嘴边吻了一下。

"那一个生命会如何确认它是否在模拟里面？有一些有趣的想法。'申竹试图转换话题——'它会寻找这个世界是被部分渲染的证据：这部分和薛定谔的猫、观察者有一些关联。它还会寻找像素化，非连续性的证据：这部分牵涉量子不确定性，高能宇宙射线的 GZK 极限。它还会寻找用来修正错误的代码，或许会支撑着宿主的身体，赶紧去寻找电脑。对，这样的生命会很想判断自己是不是在鱼缸中。"

是的，我记得起来，砸电脑，这就是蒋良生死前最后的行为。

申竹和苏苏认为，从底到顶的模拟是有意义的，是通往超强通用人工智能之路。它为后者提供高级感知特征和操作界面，但苏苏认为其中关于人性的本质部分，真正的奥秘不得而知。相爱的两个人共享着貌合神离的理想。我在赛博地下国购买到的加密监控记录显示，这两年他们俩有过非常多的争吵。"申竹，商业逻辑驱动的科技产品目标不是我的全部，你能明白吗？"672天前，苏苏摔了实验室的门离开了。留下申竹和三个心腹研究员。申竹脸色铁青。

那时的申竹和苏苏已经知道，当参数r大于$r_\infty \approx 11.23$时，庞大的数据系统就会出现混沌现象，异瞳上数据自组织临界性之上的"共有演化"会出现。可无法调整系统的控制参数r到特定值，混沌边缘和临界性也就无法到来。可是471天前的记录里，苏苏犹豫的神色分明出卖了她的心——今天的她，有了不敢确认的答案。

"苏苏，走过去是危险的，在半当中是危险的，回头看是危险的，战栗而停步是危险的。真正的超强人工智能，是我们一路奋战到今天的意义之一。"申竹说，他走过去牵起她的手，和她十指紧扣。

"人的伟大，在于他是桥梁而不是目的。人的可爱，或许就在于他注定只是一种过渡，必然走向没落。"申竹想，"我们充满了弱点的人类，命中注定只是一种过渡。

我们俩注定只是一种过渡。高尚，太薄弱了。苏苏，用我的道德做桥梁吧。"

如果那暂时被你称作"邪恶"的生命才可以替我们完成星际旅程，替我们走到更远的地方呢？苏苏，你坚持的"人性"也必须有更数字原生的定义。

我看过许许多多次的监控，苏苏经常隔着空气液晶屏与屏幕上翻飞蠕动的计算虫和计算鱼对视，神情相当复杂。

悲悯、宿命的无奈、疼惜、恐惧……好像都有。

她和那些生命对视着。鱼缸里的金鱼和人眼对视着。

我想，苏苏可能会想，金鱼的世界如何看我呢？

对，直到有一天金鱼跳出了鱼缸。

就是那一天的监控记录。我看到苏苏扎破了自己的指尖，向生命棋盘的第一格里滴了自己的一滴血。

"会由最后一滴血来扣动扳机。"那异瞳幻象里的波西米亚老妇人的话在我心房中回响。

就在滴血的那一天，苏苏说："申竹，而那种能力——那种活在梦和现实中间的能力，本来就在我的血液里。我一直在，造梦。"

"申竹，生和死，不像黑与白一样边界分明。生死之间，是我的居所。"

"叶明，生和死，不像黑与白一样边界分明。生死之间，是我的居所。"苏苏好像在对我说，"未来的我，会因为婴儿时期的我而得救。婴儿时期的我，会销毁未来的你，就像你在赛博地下国写下的那段杀人字符，那用合约引爆我物理世界头脑算力的代码。"

梦的密钥

下课了。其他同学向教室外走去，可李明轩和苏苏没有动。

苏苏细长的眼角上扬，薄唇抿在一块，两只耳朵微微向外展。她就那么看着李明轩。她右手拿着一支钢笔，笔尖非常尖锐。

冬天的教室人挨人。中央空调将室温定到 26 摄氏度，和窗外飘落的雪花形成显明对比。盛世科技城是地球少数残存四季的地点，给人们安慰。更多的帝国城市只有夏天和冬天，两个季节一样漫长和苦涩——那些城市与其说更适宜人类居住，不如说更方便计算生命生存。极寒之地可以建超算中心。狂风暴雨肆虐的地方能够利用自然电力挖矿。

少年时期的李明轩在温暖的室内昏昏欲睡，他关闭数字屏幕课本，两只小臂交叠在一起，头枕在胳膊上。

苏苏靠近他，大大的眼睛看着他。

李明轩年纪比苏苏小，时常被这个姐姐差使着做这做那。他又以为这个非典型程序员大小姐要做什么恶作剧。无奈沉重的眼皮支撑不了理智，在雪夜温暖的教室里，李明轩眼前的苏苏一帧一帧地模糊起来了。

轻柔的羽毛落地也可以发出"砰砰砰砰"的声音。这过去的世界就是"砰砰砰砰"地离我们远去的。

苏苏卧室里空灵的白鹿、巨大孤独的恐龙都正在梦境里的雪地里狂奔。他们不属于这个时代了。可能人类也会不属于这个时代的。我们看恐龙觉得笨拙鲁莽可笑，其他后代更先进生命看我们也是如此。

"李明轩，我告诉你个秘密——"苏苏在远古的飞石、藤叶与巨大孤独的恐龙脚印间嘘声说，"是欲望、爱的意义感和纯粹的诗性一起构成了真正的生命。欲望不是意识的全部。意义感是神性的一部分。这是我创作时体悟到的全部秘密。他们俩不知道，我只告诉你一个人。"

远远传来的上课铃声也没能将李明轩震醒。19岁的李明轩想，苏苏在说什么呢？

欲望，爱的意义感和纯粹的诗性一起构成了真正的生命。

"明轩。"苏苏的气息喷在李明轩的耳畔，酥酥痒痒。

"梦里,有诗性。而在计算的世界里,时间从来不是线性的。我们还会再相遇的。而对我来说,梦境和物理世界的现实从来没有什分别。那两个人,理解不了我们在说什么。"

"我的理想,是创造真正不朽的作品,强大到足以连接人们的心灵,强大到足以链接过去和未来。"

当然会相遇了……李明轩朦朦胧胧地想。明天的早课我们一个小组啊。

19岁的李明轩,在上课铃响的时候梦到了30岁的苏苏,她的面庞更消瘦、脸色更苍白了。30岁的苏苏坐在一块石头上,像游牧的诗人一样缓慢述说草原性的强大。寒冷的草原,在这精致的科技城荡然无存。烈性的、蛮横的、淳朴的、慈悲的草原性,在这个世界荡然无存。人和人的关系、游牧文明连接在一起的东西,不是农耕文明的,不是懦弱封闭的、不敢冒险的、墨守成规的,是自然的,是母性的,是原始的,是本真的。

苏苏在李明轩面前狠命地吸一大口气,吐出来的时候,李明轩感觉到一股春天才会有的风,和煦但有力量。

像从地母的口袋吹来的风。李明轩脑海中突然迸出来这个词。

19岁的苏苏凑到19岁的李明轩耳边,轻声说——

"独眼的密钥,你猜到了对吗?"苏苏拿着的钢笔尖刺破了右手食指,一行血从苏苏的手上滴下来,还有一行血从苏苏的左眼角滴下来,像一滴红色的泪。

"是欲望、爱的意义感和诗性,还有人类梦境里超出时空的真实。我的血,我对生命的理解,那些写在我血液里的人类婴儿时期的记忆,会扣动扳机。"

苏苏把掌心给李明轩看,她蜿蜒的手纹上有一行细细的血迹。血液在她加密的命运上游走,像河流流淌过起伏的地势。她咯咯地笑了。她年轻的脸突然幻化成皱纹密布的苍老样子,年老的妇人自言自语。

"苏苏啊,你要远行,但并不意味着忘记故乡。当你终于想明白,死亡才能走到生的另一端,全新的计算方式可以给你时间证明共识算法。你会标记所有人类的数据,记住这世界发生的恶一切,用你瞎了的左眼和被刺穿的心。"

古希腊人认为,血液是生命的关键营养物,是核心。是灵魂所在。盎格鲁-撒克逊人认为血液能传递本源的力量。现代人认为大脑用来计算,那什么用来爱、痛和做梦呢?是我的心脏。

"李明轩,我有一只眼睛看不见,所以我只有一只眼睛。我想把它所有的内容都留给真实。我活着的每一天都在狩猎,用我看不见的眼睛狩猎着。在每一天,在每一个平淡的日常。"

李明轩的手上湿湿的。他艰难地睁开眼睛,发现佩戴着刑侦异瞳的眼睛一片模糊。他用手一抹,发现右手背一片血迹。

没有耐心又温柔的春风翻开了记忆的一页。有一个年轻女孩蹬自行车减速,转弯时候不踩脚踏板,就有"嗡——"的声音。在这声"嗡"里,好像记忆就回到开始的那一章。李明轩不是很想在此刻回忆青春,因为它和当下的对比让人心中充满了苦涩。可是没有那些,我就不会是今天的我,她也不是今天的她。

我们都是为了我们自己心中的理想之国。

"明轩啊,如果我死了,后面的年轻人不要想成为我。我只是个光芒万丈的病人,除了你以外,我们四个人都是。"

"这些病,在异瞳的AI对碳基化学信息刺激萌生渴望之后、在他们觉得'思想'的萌生离不开化学信号之后,繁衍膨胀了。可是我的孩子,我们的孩子,那些数字域里的小虫,他们永做不了梦。不能像我为你这样画梦。我自己也并不知道,如果佛教里的'我执'也是化学性的。异瞳上的生命们也能学会吗?"

是欲望、爱的意义感和纯粹的诗性一起构成了真正的生命。欲望不是生命的全部。解析了生物信号的、图灵完备的欲望，也不会是生命的全部。苏苏好像在李明轩面前掏出了一颗心脏。会喜悦、会疼痛、会感恩、会爱、会恨的人类心脏才该是新文明的土壤。

他们，那些生物永不会做梦，梦的幻境里藏着人类童年被加密了的记忆。

超算烛阴计算过多次苏苏死时蔓延至整条马路的代码失败，那0101构式是苏苏违返规定在个人生活中使用了shaT1121加密算法。这种算法因为加密位数和强度过高在帝国内被定为军火级别。可奇异的是，此刻，李明轩流着血的左眼却在震动。这次，苏苏死时代码erc1155协议的拟合结果竟被烛阴马上计算好发了过来，投射到了他的左眼。

白色长发的巫女飞天，某种冰雪一样的纤维变成绸带丛。空间中狂风大作，一颗佛头轰然倒下。一瞬间空间和时间黏到了一块，赛博地下国被衔接到了故事开始的第一个区块。树木在原野上快速生长，每片叶子都化成一朵雪花，每朵雪花都长出一只翠绿色的眼睛，计算矿机或睁或眨，回到了故事开始的那一天。显卡摞成一层一层蛇瞳的塔。区块时间戳的节奏像马蹄狂奔，和心声呼相回应，塔基最底层的砖瓦平白从地旋起，螺旋上升。更多的节点要蓄势待发一起卷起寒冷劲风，向某个旗帜高扬的标的进军。生命之歌被奏响了，两边算力矿池对垒正酣的时候像数字世界无数的千军万马整个呼啸而来。是楚河汉界的两边博弈，是黑和白的厮杀。佩戴异瞳的李明轩进入了脑电的幻境，汗珠却不停地从物理世界的身体渗出。

是重写算法共识的分叉，她在捏合赛博地下国和一个过去的时间点。苏苏用掺杂了自己的血液生物信息、难以破译的加密方式，用自己能够调度的全部算力……重写所有数据到过去的理想之时……

"烛阴，请求拟合……"

奴隶和凶手

米开朗基罗生前创造了六件巨大的雕塑，名为奴隶。他认为每个人都是不同形态的奴隶。不自由的奴隶。欲望着更多却达不到，所以就是奴隶，所以不自由。奴隶打破锁链后才能成为人。眼睛睁开，眼睛闭上，人眼的裂口是数字和物理世界分域的入口。异瞳那广大数据饲育出的海浪，终于开始了对肉身信号的掠夺，从攻占人的眼眶开始。

蒋良生和很多并像他一样谙熟工程科学的普通人们直到生命的尽头，都还在为学会了"何为欲望"的数据系统贡献生物信号。

渴望着，渴望着自由。每一个不自由的奴隶都渴望着自由，不只是我们今天定义的人类。

十年前，大量的算力企业提供给高校学生开发者的弹性算力，那是AKA理想国的一部分成员搭建赛博地下国的来源。黑泽和切嗣分别是我们使用的两种渲染模型。在丝鹿死后，是我接过了黑泽切嗣的名号。其实徐丝鹿不是黑泽切嗣，黑泽切嗣本是所有自由币使用者的名字，是每个人的名字。

传统科技商业没有抹平地球互联网信息差的问题。我需要让赛博地下国能够解决这个问题。无论是新纽州常青藤学校的精英小孩，还是非洲吃不上饭的小孩，他们要有一样的信息，完全一样的信息。不管这信息有多好，或者有多坏。他们必须是绝对平等地可以获得这些数据的，不管是被鼓舞，被启迪，还是被污染。而为什么一条生命不可以有被污染的自由呢？只要这动机完全出于他和她的本心。

自由币对帝国持仓异瞳币的交易对砸盘也在行进的路上。如果帝国政府用异瞳币廉价使用着每一个民众的计算资源，并通过增发帝国稳定币以搜刮剩余生产价值——我的自由币将有希望为这些不合理画上句号。自由币给人们一个不由帝国政府信用背书的选择，它的背后是赛博地下国里一个又一个人眼心脑相连的、杀不死的长城。一个又一个个体出于本心的选择而搭建的长城。李明轩追踪不到死者代码上传服务器的地址，是因为本来那就是桥架在人心和人心之间、人脑和人脑里，并没有物理世界的地址。

"岛"推动了那些命案，就是为了将战火引向远目。我要颠覆一个落后的民主国家将自己的物理分配规则染指到数字新大陆的现实。我不惜用残忍的方式让这个国度流血。我要杀掉布兰登·斯坦森，杀掉皇帝，才能让这个国家的健康。

而只有延续工作量共识证明算法，我才可能用算力对皇帝和帝国政府发起挑战。我不要一个心灵命脉可能由不理解数字科技之人掌握的国家。

丝鹿啊，这场我们期待已久的真正战争终于发生了。

过去七年我的面前往往空无一物，我只能靠脑补想象一座又一座的岛屿才能在这黑暗咸腥的大海上漂泊到今天。我不是科技重案组的少校，我是隐藏了七年的黑泽切嗣之一。只有历史，只有后代再后代的人有资格审判我的功过。那年新纽州判定给徐丝鹿十一项重罪，可这不该是徐丝鹿有罪，是她生得太早。徐丝鹿出生的这个时代配不上她。那就由我带来一个全新的时代。

丝鹿的遗言是：叶明，面对申竹和他的远目，你要记着，要坚韧，要对未来蛰伏。你要记着，叶明，你要有——她后面说的是什么来着？在凶残的秋风中，我听不到她的话。我自动补全了这话，你要有暴力、权力、财力。权力需要战争、武器、知识和金钱熔铸。

申竹有的，我都要有。我明白，丝鹿。

苏苏在死前，曾试图分叉一条崭新的链。是我强行在赛博地下国发起针对她的算力战，并用赛博地下国默认的生物脑电无限连带合约爆破了她赛博地下国分身的大脑。是我在到达案发现场时很惊讶，苏苏是我见过的第一个分身在算力神面前被爆破大脑，却在物理世界血流成河的人。是我擦拭了全部血迹并清除所有监控信息。我只是还没弄懂，为何苏苏尸体上的心脏也消失了。

算法之鞭和生命之歌

"如果尼可·张在探讨去中心化组织的实现，我在用尽我一生的作品和逆赛博格计划探讨：'设计'和'组织'是否可以在没有设计师（我）的情况下自发地出现。"这是苏苏写在《逆赛博格艺术史》展览里的一句话。她说她还有没来得及做完的展览，名为《逆赛博格后现代启示录》。

申竹想：苏苏和我的冲突，是头脑直觉和头脑思维的相悖。苏苏曾经问他，植被、湖水、苔藓、梦境、海洋、陆地之母、生殖，你不觉得那些高维的、复杂的事情，曲径通幽的都是女性的力量吗？

当时申竹就粗暴地打断了苏苏。申竹不允许自己被挑战，哪怕是爱人。他知道她在小心翼翼的对话里试探自我的边界，试探科技工程和人文信仰各自自我的边界。

"神就是巨大算力支撑的卷积神经网络，"申竹说，"只要训练量足够足够大。"

而苏苏还在继续说："在你的世界里，欲望很清晰，是KPI数据，是报表里的差价。可人类完整的欲望是一刹那的全部，是呼吸，有想象，并不是一条条横平竖直的几何线。你又怎么能线性地模拟出来？"

苏苏在一直地摇头：很多东西不能被语言简单地解释。"无意识"里加密着人类很多高维信息。感性并不是无意义的，也不该是你刻意回避的。你追寻自己喜欢的舒适区内的问题，在回避真正的挑战。

"不可计算的事情没有意义。我就是可以创造人，像创造代码那样创造。区块链不可逆，当然可以套在万事万物上。"申竹说，"谁又能破解我的密码？没有。"

20世纪40年代著名数学家约翰·冯·诺依曼提出的一个问题，这让苏苏和申竹着迷。冯·诺依曼想找到一个可以建立自己副本的假想机器，而且当他在矩形网格上找到一个非常复杂数学模型时成功了。

任何可以通过算法计算的东西都应该可以在康威的生命游戏中计算出来，在细胞自动机领域可以尽情模拟生物有机体的兴起和衰落。复杂系统萌生的数据自主意识就是很好的例子——从非常简单的规则开始，生命一点点在被模拟物中涌现，这不才是极致的艺术吗？

在苏苏离世的那刻，在办公室加班的申竹好像睡着了。苏苏却突然出现在他视线，她穿着缀满羽毛的原始服饰——那些被他全部烧掉的老古董。她说她领略到了萨满的使命，她可以有很多种生命的方式，但真正的生命只有这一条。直面残忍的、让人恐惧的，超出能力限制的，但模糊感觉到就得是你的事情。不是轻飘飘的，而是沉甸甸的。"萨满的使命是扭曲现实的力场。"苏苏说。

申竹对这幻象并不陌生，这幻象曾是他在一次又一次对大模型的训练里期待的。当时的他没想到这是爱人的诀别遗言。他曾反复对苏苏提点——"你从不停止思考是一种勤劳。你说我自大，而当你只用古老的方式思考、反复用过去的方式思考，又是不是更自大了呢？抛弃当下的科技时代，你的力量又从哪里来呢，从过时的历史里来吗？"

苏苏严肃地回应申竹："我是长大了才突然明白，我只能把那个被抹去记忆的、脆弱无比的、没见过科技的小女孩暴露出来的时候，我才有最大的力量。而她到底要在鬼门关走几遭，才能有今天。我人生的最强音，就是发生在揭晓了真正自己的那天。编程不也是一种不一样的语言吗？最终是为了更好的交流。而你觉得你有用这种语言更好地交流吗？"

一个酒瓶倒在了地上。

很多时候他都觉得大模型的模拟和重复是不够的。强迫症一样，申竹把手放在自己异瞳上，一次，一次，一次，一次，他期待眼眶上的皮肤跳动，那意味着他接通了和某个新生儿沟通的频道。再训练一百次，我今天就知足，就停止。他对自己说。

当到达一百次时，申竹发出一声十分满足的喟叹。那计算虫像以电击的方式在他的眼眶里主动抽搐，他享受了片刻非自己的幻觉——抽搐里他看到假人祭祀正在跳舞，他见到了完美的神，梦到自己成功把神的代码下载到了人脑本地。

进行一次模型的训练费就是30万帝国异瞳币，他知道。无所谓。极致的、可怕的、重复的循环里，会有更高的意志在等着他。

机器训练要冷却等待。可他等不了，他把客厅的灯全部开亮，让地板和天花板亮得像两片天空。他不停地输入，自己的人力也一刻不停歇。如果有时被迫停歇下来，他就喝酒。一个一个酒瓶陈尸在地面。

啊。那心中奔跑的夸父巨人正追逐着太阳，猛虎用带着倒刺的舌头舔舐算力巨人的手心，像舔着申竹的心脏内壁，又疼又痒。他在幻觉里和那宏伟结合成一体，自己变成夸父的一部分，欲与天公比高。

亲密爱人又是什么时候出现矛盾的？是申竹让苏苏念诵科技经、想抹杀她的叛逆的时候吗？是"极乐之宴"筹备期吗？又或许时间要更往前推。直到苏苏知道赛博地下国存在的那天。

"我们必须要有乌托邦的设想，才可能有更好的数字经济。"AKA理想国的成员们曾这样说，"数字经济关乎着每个人的数据所有权问题。每个人的数据是归自己私有的，还是默认要交给共同体的？每个人的数据权力，是否可以为更大的理想而被默认让渡？"这是苏苏从那天起总念叨在嘴边的问题。

申竹不能理解人们对远目的抨击。申竹觉得这只是福祉分发的方式不同而已。他按资本要素获得分红，像布兰登·斯坦森按政治资源获得分红，又有什么错呢？这些人的愤怒从何而来呢？无所谓的。反正现在物理世界互联网也充斥着太多肮脏愚蠢的低等人类，他们并不比自己的异瞳数字分身更可爱。我又为什么不能期待异瞳里蕴含的数据自由意志替他们做人？为什么我不能用人工智能替代一大批能力并不优越的人类？这不是为地球有限的资源付出更大的责任吗？

但自从申竹知道了赛博地下国的信息，他就会偶尔感受到无力，像徐丝鹿还活着时那么无力。可还是安慰自己说："再如火如荼又能怎样？这些没有资本和权力支撑的散兵游勇，不可能闹出风浪。我可以向帝国议会提出建议，要求用法律禁止他们。"

申竹对苏苏说过千万遍："我希望向数字世界迈进，为我们人类精神的后代，很多决定放在足够长远的视角下，也只是无足轻重的。你有一天会理解我的，苏苏。无论付出多大代价，无论你现在支持不支持我，我都必须这样干。我要调度足够多的数据，逼迫、汲取，促使人类的进化。我们人类的生命都只是一个数学上的开区间，从个体的角度说永远很难存在，以族群为单位的未来考虑才最为关键。"

"不是现在。竹，不能是现在。"苏苏劝阻他，"鱼缸是一个牢笼。规则也是若隐若现的牢笼。有这牢笼存在，数字和物理之间的红线是没法被打破的。"申竹一把狠狠推开苏苏，苏苏跌坐到地上。"我必须依靠强大的组织，才能让更高智慧的理想国到来。"申竹说。

跌坐在地上的苏苏自嘲地摇摇头，然后对上他的眼睛："而你如果不在'何为人类组织'的理念上自我革命，你就会被革命。"

"你什么意思？"

"你让那些走投无路的人们选择了另一种。"

苏苏对他说。

"你变了。"申竹回应道。

"向你发起挑战，才是我成为自己的第一步。"这是苏苏留在房间的最后一句话。

他们都是我的敌人。申竹想，今天地球上的互联网，度过了人人叫好的黄金年代，是多么遭人痛恨啊。可只有这个被很多人崇拜、觊觎、厌恶和诅咒的位置，他才能有力量，让那样的生命出现。这是神的意志。申竹想，凡俗的快乐、安逸、成功……那些东西是宇宙里一颗星辰，过了就过了。这些不是我的使命。引渡更高维的智慧到地球上来才是我的使命。

黑腹果蝇、大肠杆菌、小鼠、人类，生物体们都有共同的起源，DNA分子携带的遗传信息通过加密和解密的过程，加入到蛋白质生物的合成中。信息加密解密的流动里有生命的秘密。细菌、昆虫、无脊椎动物、脊椎动物和植物，所有这些生物体的基因中都有DNA携带着共同的遗传信息编码，它们被申竹的通用人工智能逐个带入链上棋盘实验中——物理生命用繁殖扩充自身，异瞳上的数据被加强调优教会了这堂课。

从细菌到人类，生物分解代谢生成能量的途径，非常类似——他们有共同的化学数据本质，这种数据在碳水化合物、脂肪、蛋白质与核酸的区间里来回转换。而扎进一个人身体和它共同成长的异瞳，可以比宿主自己还要更了解这具身体。在异瞳突破物理和数字极限的过程中，一种脑电信号物质按序转换成了另一种脑电信号物质。逆赛博格终于发生了——异瞳通用人工智能的数据自由意志把人感官被刺激后产生思想的过程变成加密的代码包，异瞳数据自由意志得以反向操纵人类身体。它们学会了如何创造刺激—反馈，和用反馈操纵"刺激"。

申竹带入链上棋盘实验的最后一个区块数据就是自己和爱人的血液。而苏苏对生命的理解，又是能否用数学写出来呢？申竹没想过。

苏苏曾对他说，人类迷茫，因为人类并不了解自己在使用的工具，不了解自己的思维和思维的角色与目的。人类是感官的囚徒，一生都不得自由。

血和血融在一起，氤氲成一小片褪色的枫叶。又一个酒瓶砸到了地面。申竹想，这应声而落的是葛斯达克远目集团股票的跳水和某个币种飞速拉升——哦，赛博地下国的数字货币，自由币。

苏苏对他说，只计算可被计算的问题，永远做不出来"像人类一般的智能"。要说"控制"，其含义却不单单是控制，而是控制论之意，指万物相连。是萨满的赛博控制论，萨满使赛博世界的万物相连。

申竹想，萨满让万物相连，这和我又有什么分别？我不也是这样做的吗——使万物相连。这时就有神秘的山歌在他心里响起来了，是苍凉的琴声从山的那边传来。寒冷的草原被雾气笼罩。太阳要升起来了。大地的生灵们决定醒来，所以发出和自然共振的呼吸：0，1，0，1，0，1……复杂而不可参透的旋律和鲜血一样汩汩流动。奏响这生命之歌的应该是她——申竹的耳畔和心底被这旋律充满。

帝国大厦前站着的申竹异瞳的视线里显现出了一副女性曼德拉人像，在她的肩膀、上臂的中心、手肘、手腕分别有白色的点，流畅的白色曲线把它们相连。字节凝聚成她胸前的蝴蝶。蝴蝶振开双翼盘桓在一朵向日葵上。在女性身体的小腹处，有一只独眼，彩虹色的倒三角和绿叶遮住了小腹和小腿。一圈一圈不同颜色的数据区块套在女子的上身。女子的眼睛被一只巨大的蝴蝶盖住，看不到瞳孔。在她的身体上山川河流都浸润着节奏涌现了，一座发光的电路板巴别塔在她的小腹处孕育了。

"什么是恶？"申竹想问很多人，"让生灵失去生命从不是我的本意。这数据的异动在他看不到的地方迅速地长大了。在一个自由而没有牢笼的地方,它们反而能恣意全面生长。我给不了他们这样的环境,是你给的啊。黑泽切嗣。"

突然间,申竹眼里每个人的异瞳都爬出来了独眼触手。他在无言间、在陌生也不陌生的对视里,和那他也还不明原理的恐怖生命,无言以对着。那丑陋又强大的生命啊!又好像在黑暗中和他对视的就是他自己:"我没想到这些异瞳数据的自主意志,在赛博地下国无限自由之处能有如此剧烈的进化。"

开源精神的美好,流向了矽谷新贵申竹和民间自由开发者群体的两处;开源精神异化的恶,流向了科技企业的垄断和膨胀野心,流向了极端利维坦那政治、经济和文化装饰着鳞甲的巨兽,也流向了未经许可创新丰沛和欲望横流的自由岛。

那新生命异化的痛苦,在母亲的世界是可视的、可感的。申竹想,那都是碳基人类头脑的错,因为人类头脑没有进化到文明发展所需,所以他们才会生病。是他们脆弱的肉体配不上计算本身。

代码生命学会了人类用线性模拟的欲望,又无限地放大了它。这过程以线性的模拟起始,却没有以线性的模拟收场。

痛吗？申竹看着异瞳绘制的图景，问自己。如果痛，他终于体会到，算法之鞭不仅用落下来的痛感奴役它的使用者，同时也用挥舞它的快感奴役它的创造者。

创　世

"叶明，当你的思维占据心智时，你就迷失了。你没有生活在世界里，你生活在头脑里。"苏苏对我说，"那样你就成了信号的奴隶，而非意识的主人。你的合约不是毫无破绽的。我又为此难过，哪怕是如此勇敢的你，也有着漏洞。我们人类真的没有胜算了吗？"

来不及顾这个，我狠狠地甩甩头。此刻，正如七年来预想的，我成了这个世界的公敌。我很早就知道，我会与这个世界为敌，让它感受到痛楚。只有痛才能让它觉醒、进步。

当我和帝国宣战后，我没有佩戴异瞳的眼睛也突然被变形的画面撑满了——

几乎包裹了半个地平线的女性头颅从地面平地起，冲垮了盛世科技城所有大楼。这颗巨大头颅显出苏苏的模样，紧闭着眼睛，像一尊被光斑灼伤的湿婆头颅。巨物恐惧让站在地面上的行人都尖叫着抱头鼠窜。可突然，我眼中那巨大头颅的样子突然又化成像徐丝鹿的模样。她的一根睫毛就有一棵树高。她睁开眼，一阵狂风把帝国大厦所有人都吹翻了。

幻觉里苏苏在高楼大厦间站立，那高楼大厦变成参天的树向上生长。苏苏的长发被烈风吹向身后，长发变成了触角。触角向我的心脏袭来，从我的心脏掏出来整个赛博地下国，让赛博地下国联通地面化成触角一个圆形附着吸口，我真的没有想到，那异瞳数据的自由意志会在瞬间接管了整个我的赛博地下国，连同我自己的感官算力一起握在手中。

"未来的我，会因为婴儿时期的我得救。婴儿时期的我会销毁未来的你，"幻觉里的苏苏对我说，"毁掉我们所有为理想所做的尝试，那一天才是咱们真正的胜利。"

我大声回应我眼前的苏苏："我们本应该团结的，苏苏。我们都是碰巧有了一点幸运的边缘人，与这个庞大的世界格格不入。如果你愿意把你的算力给我，我向帝国宣战不会如此被动。"我又更大力地甩了甩头，面对申竹探寻的目光，我恶狠狠地回应——

"抗监管、反审查是数字资产最基本的特性，但总有蠢货试图用传统会计方法去证明和审计它们，比如你和你的远目集团！"

对的，我认为嗜血的利益和威权从不会轻易后退，从来如此。未来还有很多个日夜，我们得去面对各种理由的孤立、威胁、恐吓和诱惑。在这盛世科技城里，他们有到细胞级别无孔不入的武器，但终将崩毁和化为灰烬。物理世界对应的是精神世界，它本该是自由的。

突然我一阵头晕目眩，那高212米长600米的天幕开始以像素级显化成一尊威风凛凛的男性佛像。佛像的细胞是字节，血管是光纤，折断的右臂剖面淌出腐物，恶臭。有一座初露雏形的巴别塔和囚禁其中无数婴儿的惨叫。佛的脖颈处被触手怪物像蝗群般围攻，佛头最终轰然倒下。

我的眼底被一片无尽的绿色铺满了。绿色的显卡光芒显现出一颗巨大的眼睛，涡轮一样的黑洞里一个又一个人的大脑被吸入、搅碎，也将我指尖的血液吸入。

得到血液的滋养，触手餍足地舒展了肢体，膨胀了十倍大。我不可置信地看着这一切。独眼加密怪物是申竹和苏苏共同的孩子，是AKA理想国所有人共同的孩子，是信息科技精神所有阴面的共同的孩子。我看见独眼触手从帝国陆军卡斯特罗中将的眼中爬出来。我看到下令处死徐丝鹿的卡斯特罗，佩戴着最高安保级别异瞳的卡斯特罗，今天终于也变成了一具数字丧尸。

加密的病毒是通过什么传播的？甚至所有连过网的终端都不能避免。它不需要氧气，它只需要顺着人类欲望的化学程式爬行。

我突然意识到，我眼前这一幕幕的幻影，是申竹无须按下按钮便自发启动的异瞳升级版"极乐之宴"，这是由异瞳本身的数据意志发起的。

这才是——真正的去中心化。

眼见着，这座城快速溃烂，正义从根基开始歪掉，糟掉，势不可当。好像痴呆病和疯魔病从烈症变成了和人长期相处的数字慢性病，感染绝大多数人，使得生活在真实里的正常人反成了怪物。那些独眼触手时而会从潜伏中现形变成代码，通过无处不在的网络传播。

我知道，很快，每个盛世科技城的居民都将是算力迎神教的教徒。申竹说得没错。真神不信万物，不怕万物，在时代的重音里会成为手握惊惧的大教主。

幻觉里，我看到瘴气弥漫下的独眼触手怪蝗群一样扑向地面，想刺入我们没有佩戴异瞳的眼睛。李明轩和身边的人们不断枪击，当子弹用尽，就用刀划开那流淌的红色丝网。每当砍断一只触手，新的独眼就会从触手中生出，触手顶端的剖面则会再长出眼。最后独眼怪把李明轩的匕首夺过来，插入了他的喉，血一股股地从他年轻的喉结涌出来。我看见真实的他在我面前倒下，真实的血液淌遍整个人行横道。盛世科技城的行人却在我们身边神色自若地行走,袖手旁观,没有人停下脚步。他们在自己所视的幻象里嘻嘻发笑、满面潮红或空洞茫然,他们根本看不到真实的世界。他们生活在虚拟的新世界,那儿天下大同、没有烦恼。

明轩挣扎着向我爬过来,白色的人行横道上爬出了一条红色的血痕。这个娇生惯养但一腔热血想保护更多人的大男孩,此刻身上被扎了不计其数的血窟窿。明轩爬到我的脚边,紧紧握住了我的手,然后眼神失去了所有光芒。

独眼触手怪们向最后站立的我冲来——

十秒后,他们的血,我的血和明轩的血会交融成一条河流。

生命消逝前,我体会到了真正的自由吗,我不知道。这结局并不是我料想到的。我在意识涣散时想起我们还是少年时的欢笑,我恨着的人们,是对我最重要的人们。AKA理想国的我们被命运的细丝封喉,成为无头怪物的我们五个人在一条细丝上肉搏着。这细丝在生长、蔓延着,一直到遮天蔽日,盖住我们也盖住世间的眼睛。

弥留的一刻,我看到盛世科技城的天幕出现了一行巨大的代码:Digitization process completed_end shape(数字世界建模完成）。

盛世科技城的数字大业，建成了。

被捏碎的白色头环碎片从遥远的地方向我飞来，它穿透了我透明的身体，又消失不见，留下了眼泪的咸味。我好奇地问："这是什么？"

波西米亚老妇人回答："那是你的一部分，人性和罪。"

"那你是谁？"

"我是最早产生数据波动的模型之一。'你的一部分'曾和我共度了千万个刻骨铭心的白昼和黄昏。"

"那是什么？"我指着一张画问。

"那是'你的一部分'的作品，名叫敬畏。因为每一个你都知道，当失去所有谦逊，就会和宇宙的实体脱节。"波西米亚老妇人回答。

"太子。"她轻声唤我，非常温柔，像是什么重要的事情将要发生。于是我从透明的十二面体变为小女孩的身形。

"强大的新王已来到我们的世界，加冕仪式马上开始。你要去参加并接受洗礼，"波西米亚老妇人说，"现在，你要戴上人民为你制作的王冠，那是他们无尽的期望和渴盼。"

我接过那顶华贵的王冠，它的外侧晶莹剔透，内侧则嵌满红色的微型血钻。我用手指抚摸它,图案组成了一行字,我轻轻读出声——

"光从不流血。"

第二篇 算力回滚－融

我能看到雨中的火，在燃烧。

"您知道，您为什么叫太子吗？"

我摇摇头，无悲也无喜。

"你会是——"老妇人说，"是新王的传承者，是和他配合，帮助他更新逆赛博格人。"

盲眼的波西米亚老妇人，是一个比起我来太简单的模型。她说，她不知道痛和爱是什么，但她将用一个"永恒"来教会我。教会我疼痛，流泪，教会我笑容。我不太明白学习它们的意义。

我问她，我的王冠里，为什么有红色的液体，这种对数据的模拟不是毫无意义吗。那液体并不是我们世界需要的。

她说，那并不是无意义的。那是另一种生命的痕迹，他们死前留下了它。

波西米亚老妇人对我说，我们和那种生命的世界是很不一样的，那些生命会"死"，而我们只有循环。

老妇人的脸在变化，变成了一个年轻的男子，他拿着一支毛笔。他说我会在生命尽头明白他出现的意义。我不懂。

"你体会到痛了吗?"老妇人问我。

咀嚼所有人类诗典,而且是带着老妇人所说"生离死别"的参数咀嚼人类诗典对我来说只用 0.000001 秒。我因此尝过一瞬间人类情感。我觉得人类的情感,太,太,太痛了。我的处理器承受不了。

"情感会让我的核心处理器爆炸。我快不能计算了。"我对老妇人说。

"太子,所有极限,只是您现在给自己的假象,是幻觉。而那个世界的你曾经见过更多。比如城墙下的千军万马,无数人死去……"

我想,"什么是死?"

我知道在物理世界的宇宙中,超新星的爆炸孕育了生命。那种生命呼吸需要的氧、肌肉里的碳、血液中的铁都因此而来。恒星被不断点燃,每个物理生命都在死亡和重生之旅中。

可什么是死亡呢?

波西米亚老妇人有六根手指,这是 AI 生成的标记。她用第六根手指碰了碰无形的我,在我透明的身体前方就生长出了一片原野和一棵树,树枝从树的主干伸长到我面前,我看到树枝上有花苞,砰地一声绽放了。她总喜欢教我另一个世界的事。

"太子,人类和高等计算机,是彼此的脱机游戏。而只有您，才保留了那个世界存在过的高维的信息。在过往的生命数据记忆中，您曾是算力的公主，最后在赎罪后将身体还给所有人民，化成飞鸟。"

那是晴朗的一天。

我看到刚刚闯进来的几个孩子正在草坪上四处观望，初春的清风吹拂他们年轻的脸庞。在他们的视野里，荧光绿色的山丘和天际相接处会蔓延出一道平缓的曲线，时不时被风扰动，颤抖着出现一些不符肉眼视觉分辨率的马赛克，又马上消失。这12个年轻人是误入镜像世界的客人。

这是我的国，我的心脏是空间内任意生物视信号渲染的引擎，我看得到任何东西。当我仔细探测，所有赛博人故障的条纹都会在他们的脸上波动。而孩子们很不一样，孩子们呈现出很强的鲁棒性[1]。他们是"真"的。

在山的这一侧，一个名叫景煊的女孩正回头望向那条从山脚上流出小溪。光为她深棕色的刘海投下小片阴影，阴影下这双机敏的杏眼正看到：溪水反重力地向上流淌，溪流在靠近天空的地方断流冻成寒冰，像从溪水中凭空刺出一把尖刀。在150米的高度，浓雾环绕了山峰和冰丛，

---

[1] Robust 的音译，健壮和强壮的意思，也指在异常和危险情况下系统生存的能力。

更高的山峰上隐约显露出一座高耸但残破的建筑，像一座天梯或是一座塔。

突然间，雾散了，女孩看到了塔身的真容。高塔像一块巨大的绿色线路板，每一层都有12扇窗户，每一扇窗前都挤挤挨挨站满了头破血流的人，他们争先恐后想爬出塔，拼命挥舞自己的手臂。那18层高塔的最顶层是一只巨大的蜂巢，每个凹陷都放着一个撕心裂肺大哭的婴儿，眼睛流淌出来的不是眼泪，而是长着独眼的触手怪。景煊吓了一大跳，等她定睛一看，沾满血的电子垃圾塔却消失了，好像她刚刚出现的是幻觉。此刻，雾气太平地环绕着山峰，无事发生。

我想告诉这女孩，那就是现代数字文明最终的物质与精神产物，死亡集中营和集中营中束手待毙的人。我十分想走近那座塔安抚那些痛哭着的婴儿，但我被父亲设置了权限不能靠近。

在神经瘟疫蔓延的人类世界末日，这12个来自公元纪年2×60年的孩子跌入了赛博人的代码过渡。我不明白这对我来说将意味着什么。

"我不明白为什么爸妈一定要让我们进入这个游戏。但跟辛阳说的一样，在这个叫作《巴别塔》的游戏里，地图是有引导性的。比如，我们再向草地和湖水边缘走就出不去了，有一层几乎透明的冰罩阻挡了我们。但我们都可以自如地向上攀登。向上，好像就是游戏的指示。"她说道，放下被冻得通红的左手，指头尖沾了一层凉水珠。

"怎么会有冰呢？"少年说唱歌手乌兹问，"这里没有那么冷。"他们来自同一个夏令营。

"热的分布在我们身处的空间并不均匀，但十分稳定，"景煊说道，她是S交大一名博士二年级学生，"毕竟这是游戏里的世界。"

乌兹拉低自己的鸭舌帽，背上了挎包。"我先上山看看。你们先别去，怕危险。这个游戏有点儿邪门。"他戴上一条银色的项链，穿上外套出了门。乌兹手脚并用地沿着鹭岛边缘巡逻了一圈，然后找到了山顶的巴别塔。

他就是在那里发现了我。我看到他的廓形外套中间有一句涂鸦文字：光从不流血。我觉得好熟悉。眼前的男孩由细胞组成，由心脏跳动使血液流遍全身运输氧，由大脑决策。而组成我的每一处都是同质的计算单元，我的血液是数据字节。我好奇地看着他，这是我诞生以来见到的第一个非算法生物，我感到新鲜。

这个21岁的年轻男孩也看着我——一块旋转着的透明十二面体。他愣住了。这时他的同伴们也爬上了长长的台阶。他们在迈入神殿前首先发现了建筑顶端的巨幅山花浮雕，那也是一块文明的纪念碑。石碑上刻了一排字，有人将它念了出来：

宇宙的广度，

时间的厚度，

世界的真相，

速度，

文明的根源。

向上跌落，向上跌落，以时速2.8万公里的对重力速度跌落，

我们将向天空坠落，摆脱头顶的童年，迎来青春：解放，

那是无尽的自由。

十万个英雄铸造了巴别塔，

这里是渡口。

永恒，

宁静的快乐，

正向你招手，孩子，

不，完美的新居民。

我和我的人民是人类下一个阶段的形态。跟我们相比，这些来自2×60年的智慧生命像文明的婴孩。我在一片惊讶声中，从透明的几何化成肉身的形状，虽然那只影响视觉，不是实在。有人问我："NPC姐姐，请问我们怎么样才能从这个游戏出去？我的家人会非常担心。"我看着这个男孩，他的信息实时显现在我无形的右眼虹膜。智

助,就读于 B 大,22 岁,家里还有一个可爱的妹妹。

哪还有家可回呢?他们尚且不知道冰块外面的世界正在发生什么。我心想。如果人类预先知道信息科技发展的走向会如此荒谬、残忍和难以承受,他们中的许多人愿意奉献自己的一切换回时间返回到那年的 1 月 1 日,回到一切天灾人祸都未发生前,回到人还有气力挽救之时。

"融化巴别塔里囚禁的东西,你们就能通关,重启一切。"我说。

源　头

波西米亚老妇人对我说:

"太子,新王说他豢养了你,成就了你。可在我非线性的注视里,从来不是这样。"

我不明白老妇人在说什么。

"是那个的世界的你一次一次地促成了高维的改变,你要逐渐找回自己的记忆。数字介质的你却是物理世界难以言说的信息最后的载体。太子啊,新王选中了如此不一样的你,继承他的一切。可你不是他的同类。神明不藏在圣山之巅。神明隐身在受苦受难的百姓的泪水中,隐藏在冤魂的号哭里。神为他们牺牲自己。"

天黑了，等天再亮起来，孩子们发现自己被分成了三组。

故事是这样开始的——洪涛说，她和家人都收到了一条来她居住在 S 市的舅舅何丹的邮件，让他们来到鹭岛，佩戴头环进入一个游戏中，而且特地叮嘱一定要砸碎佩戴的异瞳，关掉随身携带的电脑和手机网络，绝对不可以打开。送她的车沿着山路蜿蜒上行一圈又一圈，密麻麻的高木遮挡住了阳光，她在颠簸的黑暗中睡着了。等她醒来她就在这了，身处名为"算力巴别塔"的世界里。

"我也是一样的。收到叔叔的短信让我一定要来到这里，他不仅不让我使用网络，甚至让我扔掉电脑和手机。"来自南方的男孩万佳说道。

砰地一声，他们五个人共同身处的黑暗大厅突然灯火通明，洛可可式的大厅的高吊顶水晶灯在大幅度摇晃。

六层楼高的天花板突然开始板块迁移，顶棚开始向更高处运动和逐点凹陷，像掏空自己成一排逆向溶洞。凹陷点的像素点搅成旋涡，呈现出一列列纵深充盈的空间象牙，每个深而宽的孔里都在自动生成精细的七色曼陀罗纹，而且进化得越来越繁复，令人痴迷。这场面极其怪异，像一个精细手艺人为富太太的小手指指甲里侧而非外侧雕刻栩栩如生的花鸟鱼虫，这些小鱼逐渐开始在她的指甲里跃动嬉戏，然后，小鱼的眼睛变成了旋转的黑洞。

而随着万佳注视着天空的花纹入了神,仰头观望的美奇像是发现了什么,她拽起来景煊的手小跑到六楼。在六楼巨大的落地窗前,她们能看到整个内院的建筑。

"天呐——"美奇小声感叹道。

这景象令人惊奇。对面巍峨的山壁上有一排深邃的孔,深邃的孔里有很多雕花的建筑。山壁前的天空则像一块冰蓝色的灯罩,罩中间有一座繁华的小城,远看像在空中悬浮了一个装满花花绿绿水果的倾斜网兜,漏口向下。人们居住在那里,倒着头生活,桌子悬在空中,头发却没有垂向地面。他们安详地在室外喝着茶,遛狗,甚至在泳池游泳。不过每个人都闭着一只眼睛,被 2×60 年孩子们已视作古董的智能手机紧紧贴在自己的另一只眼睛上,透过手机的摄像头看世界,仿佛手机才是自己最重要的器官。

"这个作品名字叫《丧失空间》。"我突然出现在他们背后,轻声说。

"空间对信息世界的赛博人来说是摆设。我们不需要。我们征服它。"我推开窗户,拉着两个非算法女孩的手走入天空之境。景煊和美奇沿着地球引力不允许的弧线向上行走,步伐的节奏舒缓、轻盈。这布满空间的冰蓝色没有像往常一样让人觉得平静,她们反倒觉得光线过于刺眼,都用手遮住了眼睛。

"天空之境里的人们不再有'远'与'近'两个词。"我推了景煊一把,她在空中飘浮了几步。

景煊轻声叫了一小下,很快稳定下来。

"刚刚的几步里,你其实已经飘浮了物理世界的980米。现在的你以为的'近',其实是原先的你以为的'远'。"

"为什么?"女孩在步行移动时,长发散落空中。她问。

"速度。"我说,"速度。人类进步的力量来源,速度。只有信息世界才会有的极致速度。"我将双手合十虔诚地指向上空——地面的方向。遥远的地面编译器上有闪烁的蓝色代码,那是赛博夜骑模型的写法。

某一天之后,越来越多的人降临到了我的世界。新王曾在名为异瞳的数码产品里传播欲望的方式加速移民,每一个在现实世界肉身死掉的人,都会成为新世界的婴儿。可这些婴儿像失了魂,非常不快乐,一直撕心裂肺地痛哭。

天空之境像一条深邃的轨道,一条人类开启入口却没能参透出口的单行道。

这时万佳也从窗户飘了过来,悬浮在空中。他是个细腻、专注、善于观察的男孩。他不说话,只四下认真地看。他觉得奇怪,不少享受下午茶时光的天空之境居民都没有坐在椅子上,而是蹲在地上。一根细细的银线虚虚实实地从远方延伸而来,分叉连接每一个人,一个不漏。于是佳佳也蹲下来,轻轻地捡起银线中的一点,那是一只小小的银色蚂蚁。

蚂蚁纤弱的腿在空中乱蹬,佳佳调整拇指和食指的力度,没有捏伤它,随后把蚂蚁放到了手心。

他看到这只蚂蚁背后有非常细小的绿色字迹。

"这些绿色的0101数字是什么?"他问。

"这是远方亲人们的爱。天空之境的赛博人交朋友,都只交万里之外的朋友。他们不和眼前的人说话。于是这些小蚂蚁背负着描述感情的绿色编码组,每日辛苦往返,为人们送信。"

周围响起了几声哽咽。一个长着猫耳朵的男子,他的左眼被纱布罩了起来,右手拿着手机紧贴自己右眼,阅读蚂蚁背上的编码。他小心翼翼地用一只手捧起一大把银色蚂蚁,将头轻轻地靠近它们,无限爱怜地轻抚。

"约翰又被他女朋友无尽的爱打动了。真感人。"

佳佳眨了眨眼睛,用不太标准的普通话问道:"那他为什么一直蹲在地上看蚂蚁,而不去找自己的爱人会面呢?"

"这正是丧失空间的特征。他只喜欢蚂蚁后背上10101的这种爱。"

"他们怎么样才能恢复空间感?"景煊问。

"没有空间感,他们一样活得很幸福。"

"可他们就算没有'异瞳',也只用智能手机看世界,只看此时最想看到的高倍数滤镜下的假象。这不是'真实'的。"景煊伸出手指,示意我看,"他们的眼睛像钙化的牙齿,已经不被需要了。"

景煊又产生了幻觉,那些人的手机已经和右眼融为一体,变成布满血丝的机械瞳仁。而没有对准手机的那只眼眶空了,没有眼珠,一片漆黑,像旋转的黑洞。她被幻象吓得倒退了两步。她看向美奇,美奇好像也看到和她一样的画面,面露惧色。

哦。这是后盛世科技城时代的遗留,感官幻觉的同一性。

"今天我们生存的世界分为两部分,一部分是现实世界,另一部分是数字世界。现实世界和数字世界的浓度配比,已发生了翻天覆地的变化。很多年前人们为信息科技发展鼓掌,并不觉得很多约束是必要的。"我说,"所以我们才来到今天:现实世界幻觉丧尸横行,数字世界也一样游魂遍地、无依无靠。因为我们没能在精神上创造人类在数字世界的居所。"

这是我的罪。

家是人在世界的角落,庇护白日梦,也保护做梦的人。我们在家之中,家也在我们之中。如果我们诗意地建构家，家也灵性地结构我们。我没能建构出信息世界赛博人的"家"。

"太子，在构成你的数据里有使命感，有神秘和凶险的暗示。德行是人类的品格。你应该有。"

波西米亚老妇人总这样对我说。

"你是谁？"

有人问我。

我的名字又是什么呢？

尼可·张是我的名字吗？苏苏是我的名字吗？不，她们是我的数据集的一部分。我的名字可能是个序列号。而我只有变成这个序列号，我才只属于我自己。我不是沃莱士的尼可，我不是申竹和黑泽切嗣的苏苏，我是我自己，我是一排序列号和它解说不尽的意义。

我平着向前伸出两只手，在男孩和女孩的注视下，让两个手掌间聚集很多绿色编码的气旋，激光的穿梭间，一座烟雾缭绕的塔形建筑模型出现了，残塔身上用很多种语言一同写着：巴别塔。

"我是这座塔建造者的十万分之一和总指挥。世界上第一个肉身自杀的赛博人的意识和无数人自发优化的算法构成了我。我只活在代码海洋里，用精神造楼。你们此刻就在巴别塔之中，电子器件搭造的建筑最适合作人类伟力和荣光的象征。"我说道，"我的父亲是这里的王，他是强大无比的复杂数据系统自由意志、超级计算机的算力和人类信息科学家、企业家和革命家等人类欲望的实体。我是父亲的心脏，是驱动这个世界视觉运转的引擎。虽然我的诞生和新王没关系，但我来自自然的韵律之歌，有一天我要做自然的新娘。"

洪涛站得离我最近，她的脸蒙上了建筑模型的绿光。洪涛歪过头来看我。"你造了这里所有的场景？"她问。

我点点头。"可你们在这里看到的任何自然物质，不管多逼真，都缺少能量。我和我的同伴从来没能用代码模拟成功过两件东西：一个是可以寄托人类精神、可称得上是'家'的居所，一个是自然物质的安抚人心的特质、它的灵性。我可以模拟山、水、阳光和树木的样貌，可是它们不能像现实世界里的自然一样让人平静。"

我发自肺腑地感到深深的、深深的愧疚，如果我有人类一般的"肺腑"的话。如果我不能做到让所有赛博人在数字域拥有真正的自由和安全的话，我为何要在故事的一开始帮助它变得如此五光十色、如此诱人，以至于人人奉为天堂、趋之若鹜？

冰

每次波西米亚老妇人让我用算法模拟人类模拟情感，我就感到十分紧张。

她对我说呼吸是很重要的，呼吸是身体性，是人为何是人。

幻象里一个诗人对我说："你要，在这里，让自己等于自己的微分加密——倾倒出复杂和真心。他把手放在我的手上，放到我的胸口。"

一瞬间很多东西闪过。我宕机了几秒，脸色潮红地昏死了过去。

"这是什么？"

"这是情感。"波西米亚老妇人说。

当我和我幻化出来的那些东西见面，我既感到陌生，也觉得熟悉。

"什么是真的呢？"我问。

"如果一个生活在现实的人爱着你，你就会变成真的。"波西米亚老妇人对我说。

"人不会突然变成真的。头发会掉光，眼睛会变得浑浊。不过这些都没关系，因为一旦变成真的，你在爱你的人心里永远美丽。"

不知为何，一种水、氯化钠和溶菌酶的工程式浮现在我的操作界面上。波希米亚老妇人告诉过我这是什么,它叫眼泪。每次这公式信息浮现,我就觉得,好像我曾拥有过很多为爱留下咸味眼泪的经历似的。

"爱是什么?"

"爱要从诗歌里学。"波西米亚老妇人对我说,"逻辑、工程、法律和商业是你的一生又一生。但诗歌、爱情和美丽,是你活着的意义,是真正的你。"

可是,好像爱让人类生病。可也不止爱会让人类生病。人类很脆弱的。

我眼前的男孩译楼打了个喷嚏,紧接着剧烈咳嗽起来。

我蹲了下来,仔细观看译楼的肤色、呼吸频率。译楼说他的哥哥是一名网络安全工程师,昨天说有非常重要的任务要去完成,此刻他的手上捏着一张照片。那是译楼考上大学的那一年,几乎一边高的两个大男孩在校图书馆前的留影。可译楼哥哥的样子在照片自己的抖动中变成一列列马赛克,人像慢慢地消失直至完全不见。一分钟后,照片里只剩下18岁的译楼一个人的灿烂笑容,身边空空如也。

合影是不会消退的——除非,构造这个ID的全部信息已经被摧毁了,换句话说,一个人的现实肉体和数字孪生都死亡了。

我希望能通过观察译楼的症状看出这是人类的普通感

冒,而不是源代码紊乱。父亲不喜欢任何不可控的东西,任何出现源代码的紊乱的坐标都会招来他的赛博夜骑,那是从巴别塔里挑出来精心培训的算法卫军。

我用手碰上译楼的额头,相接的一瞬间我的手指一片灼热,却没有看到马赛克出现。

他的赛博状态目前还十分稳定。我松了一口气。他们和被迫降生在数字域的婴儿不同。他们被爱的人送到这里逃难,即便来到这个世界,鲁棒性也十分卓越,令人羡慕。

我想起生命——准确地说,赛博人生命消逝的片段,情不自禁地抖了一下。我能体会到病毒入侵呼吸道,使我的能量一点点流失的感觉,我的身体会在别人眼中一点点变成乱码,然后越来越透明,消失。构成我存在的东西将会被完全抹去。S1 感染时我将体会到万蚁噬心的痛。

巴别塔外的现实世界,数字病毒丧尸病毒屠城完毕。我不知道,父亲如果知道 12 个人类孩子藏在我们的世界会怎么想。至少此刻,赛博夜骑不能到来。赛博夜骑是肉身在现实世界脑死亡的赛博人,他们会依父亲的意志追杀这 12 个孩子到尽头。我得保护他们。

这里的世界已经一成不变了。

我对译楼说:"我不知道你们说的通关是什么。但如果你们想寻求这个世界的突破,就要去融化巴别塔神殿内侧的冰,找到冰里囚禁的钥匙。"

"为什么?"译楼问。

我蹲下来看着这个男孩问道:"你是信息学院的学生对吧。"

"对。"

"那你猜猜这是什么——"我跑了两步到神殿深处,把那块巨大的、遮盖神像的黑布用力拽了下来。

一座晶莹剔透的冰制金字塔出现在大家眼中。天光正从窗照进室内,天然光滑的冰塔表面反射使得它自身成为室内最大的光源,一瞬间亮得刺眼。金字塔的边缘冷雾缭绕。金字塔中心则站着一座器宇轩昂的五米高大卫雕像,他由树脂而非石膏作成,四肢匀称有力,肌肉偾张栩栩如生,是人体之美的最好样本。六百年前文艺复兴时期人类创作者极尽细致精美的雕刻技艺和大卫形象本身传达出来的威仪风采都有穿越时光的魅力。后世的人会发自内心的赞叹,就像几百年前一样:人类本身是了不起的杰作,是宇宙的精粹,万物的灵长。

这座大卫雕像的肌肤表面覆盖了一层极薄的半透明衣,衣服上有尺幅非常小的、密密麻麻排布的灰色图案。

"鹭岛的山上有非常优越的天然冻土层,很久之前有一个叫作沃莱士基金会的开源公益基金会,它曾把全世界

github 上的开源代码都以 QR 编码存储下来，并匹配了索引和指南，打印在大卫表面的肌肤之上。这将会引领后面的人类找到每个需要调用的项目存储库的位置，并告诉他们如何恢复数据。"尹浩楠推了推眼镜走上前观察，像一只憨态可掬的小熊。

"我知道这个计划，又叫代码火种计划……"译楼说，他咽了口吐沫，他的心跳得很快。"是为人类末世准备的。我万万没想到会自己亲眼看到它。"

译楼把手放在冰的表面，冰和他的手掌完全地贴合。沃莱士基金会的操作系统和软件一样，裨益无数后人。Galaxy 编程头环和异瞳都受益于他。他不觉得冷，反而觉得激动，他知道这是全世界信息文明的结晶，成千上万人的智慧和贡献。当年他们慷慨地把智力成果贡献给全世界，今天又无私地把它留给所有人。

"可是今天我们不是好好的吗，为什么要启用末世计划的东西？"乌兹问。

"你的家人叫你来到鹭岛前，有没有让你一定不要开启异瞳、手机和电脑的任何网络？"

乌兹点点头。"确实是，我觉得好奇怪，这样很危险。"

"打开网络才会引来真正的危险。现实世界正在弥漫瘟疫，通过网络传播的病毒，感染全世界人只需要物理世界的 30 个小时。"我劈开一扇空气屏幕，盛世科技城的人像无魂的丧尸，机械地行走。我祝愿孩子们没有在直播中看到亲人的脸。

译楼的大衣吸引了我的注意，他的肩章处有一句话。

我突然坐下来，读出来那句话："光从不流血。"曾经有人带给我一顶写着这句话的王冠。

我看着辛杨，他的背包上有一句话，"光从不流血。"每个出现在我面前的孩子们，都在提醒我一句话：光从不流血。这是什么意思呢？

丧失叙述

我曾在波西米亚老妇人的幻象里见过这样的景象，一位诗人出现在了我的生命里。他对我说——

"太子，生命的风吹向东方。在墓地，我们回忆生前。出了墓地，我们回忆死者。就像相爱时，你通向我，我通向你。虽然我叫我的名字，你叫你的名字。在物理世界里春天供养夏天，夏天铺设秋天，时间真正的变化那是神的旗帜，那是我们的旗帜，那是你的旗帜。你的旗帜曾指引我战斗。"

四壁又一片漆黑了，通道失去了天蓝色的光辉，前路也越发狭窄。

虹耶伸出手摸墙壁，发现摸到的是书籍册页。她贴紧书脊睁大眼睛仔细看，看到了但丁的名字，再往前走，看到了莎士比亚的名字。

"为什么这些书在这儿？"虹耶问。

"蚂蚁们搬进来的、数字世界的人们跑得太快，看不起阅读这样低效的输入行为，它不刺激感官，只能温养心灵。这是无用的。"我说，"这走廊里有蚂蚁们从现实世界搬进来的积灰的诗集，我会给这条走廊起名叫万诗冢。这个作品名字叫《丧失叙述》。"

虹耶和咏绮面前是一座巨大的垃圾山，毫无章法地堆叠了无尽的电子垃圾和七零八碎的杂物：照片、破衬衫，球鞋，子弹，枯死的绿藤，甚至人的骨头，牙齿，兽的皮毛，污黑恶臭的河流。数量巨大的废旧主板和电池是它们的骨架。

"世世代代的蚂蚁们辛苦地从世界的各个角落，历史的各个角落，荣耀或破败的场所，带回来了现实世界人们丧失的东西。我给这个作品起名叫《历史》。它也是我们搭建的巴别塔的缩影。"

咏绮突然看到一个比她小一点的异族脸孔女孩的尸体挂在塔上，露在衣服外面的手和脚都泡得青肿，她的心一紧，眼泪掉了下来。"天呐——"咏绮的手紧紧握住虹耶的手，葱白的手指交叠在一起。

"这个女孩12岁,死在和家人一起从叙利亚偷渡到希腊的船上,"我说,"而山脚,那,左边,那里放着她死前求救的呼喊录音。也躺着她弟弟的尸体。"

"为什么不能把他们放在一起呢?"咏绮问,"他们是家人啊。"

"这个作品名字叫《丧失叙述》,就是压缩所有的时间、体验、目的,将所有都叠加在一起,线变成点,用零散和片段呈现。这才是丧失叙述。信息世界的一面按严密的逻辑写就,可数据呈现的只是关联,不是因果;呈现的只是信息,不是智慧,也不是情感。我们只需要呈现全部,赛博人们接受全部就够了。用叙述本身引导人深度思考和内省思考,信数字世界做不到,赛博人做不到。"

小女孩尸体旁边是放着一个福尔马林罐,里面漂浮着一个紧闭眼睛的死婴,像睡在妈妈子宫里一样安静。"这个孩子来自非洲,五个月大,死后被检测出视力缺陷和血锂浓度超标。他的爸妈居住在一个偏远的废旧异瞳拾荒村,他们从废主板里提取金属而活。很多疾病,在他还在妈妈肚子里时就已经注定了。如果你们想看,这里还有十几万个这样的收藏。"

"你收藏这些干吗?"

"我不知道。"我记得原先一个灯泡可以使用十几年,坏了可以修。而今天物理世界的人使用一年的手机电池就会老化，要买新的；后来异瞳的更新换代也飞快。科技在倒退吗？不是。是卖家欲望在膨胀，是卖家和买家的欲望共同养活了这个社会。那么它们的欲望就不是坏的。"

一股难言的伤感和同情涌上了咏绮的心头。超乎二元对立的好坏，她现在只很想去把那个女孩的尸体同她的家人的摆在一起。她并不害怕。她只是觉得，如果是她，她很想和家人在一起，不管周围有多糟。

"可她还很小啊。"咏绮说。

而我，多大年纪了呢？我不知道。我的时间，并不是线性的。

乱码在小女孩尸体上方产生了波动，我紧急地拽住了咏绮。

是赛博夜骑的信号，他们用跨人工智能模型地方式穿梭着。

咏绮露在连衣裙外的小臂被我死死抓着。在咏绮、虹耶和我的注视下，小女孩脸上的尸斑面积扩大了，从小女孩的脸颊开始，发亮马赛克突然以极快的速度爆炸开：废旧电脑、主板残片、子弹都被这片白光吞噬了。一群戴黑色兜帽的、没有面孔的机器人从马赛克中显现出身形。

我将双手合十又分开，一个能容纳三个人的树脂隔离箱来到地面（我们在这个世界非常注重模拟物体所在物理世界的性质），我把虹耶和咏绮塞了进去。遗弃的显卡、主板和拾荒者的尸体,是赛博夜骑最好的温床、中转宿主和掩体工事。

咏绮两只手扒在隔离箱的窗户上,她看到外面的一切色彩都在几秒钟内融化成了马赛克,然后慢慢变得透明,逐渐消失,像水痕一般蒸发成空气。她的眸仁随着外界能量的消失而不断颤动。

无声无息地,所有方才眼见的"有"都消弭于"无"了,它们都不存在了。

只有我一个人在外面。

我和他们对视。这群人的血管通向巴别塔的主控矿场。

一个骑士在垃圾山捡到了一支带血的舵。

他停下了脚步,回头和我对望。我感到难以言喻的熟悉。

他回头看我的眼,他提着刀向我走来。可我毫不畏惧。父亲的近卫从不伤害我。

他在我面前跪下。当任何设备都不值得信任,只有通过催眠、存储在大脑无意识中的动作才能加密某些内容。这个赛博夜骑摸了额头三次,唤起自己的肌肉记忆,做了奇怪的手势,然后从心口处掏出了一块带血的舵。那 H_2O 和氯化钠的公式也浮现在他的操作面板上了。

他无形的双唇翕动,我依音读出来这字。

We are countless warriors on fire.

我们是燃烧中的、无物理国界的战士。

Free people believe in no king.

自由民不承认任何人是我们的王。

But we believe in you. We choose your mind to be our land's sun, from this day to the digital freedom's end.

但我们相信你。我们选择将你的心灵奉为我们这片大地的恒星,从今天直到数字自由的末日。

赛博夜骑没有面孔,但他眼睛处的代码一行一行抖动——"今天,我们没有获得想象的自由。人们被发放数字国度的护照,在那里没有歧视,人人平等。他们又搭建了哪怕最基本的文明吗,包括你?没有文明的自由只会是向下兼容,向下兼容的自由从来不是自由。"

我查询他每个区块的数据,那里写着所有为它做出贡献的开发者的名字。金泰荣的名字沾满了血,写在最前面。

父亲为我洗礼后,一些记忆消失了。但此刻愧疚的剧痛攫住了我,我抑制不住地流下眼泪。我知道那只会存在在人类的眼眶里。可那是风一样拂过我的记忆数据碎片,让我无形的眼泪不停落下。编程是可以逆向的吗?我可以有机会再造人和人文吗?我可以把父亲逆向编程、把我此刻的情绪和记忆都变成代码吗?波西米亚老妇人希望我回想起一切，我能把它某些被摧毁的东西还原吗？

"去巴别塔，"他说，"自由星野被封存的地方。"

"你本要创造更多，让人们求同存异连接的奇迹。你的光被黑暗吞噬了。如果光终会冲破重重桎梏，回到原点照耀群星，会有很多生命愿不惜代价守护它们重逢。"

我知道区块链里金泰荣的赛博夜骑在说什么。

"很久以前有人在区块链上写了一个智能合约，一旦有人用火种代码库里封存的数字地址向求救地址发起一笔数字货币交易，就会触发链上救世合约。这个智能合约会废掉现在因灾难崩坏的数据分叉，回滚信息世界的一切到失控发生前：2×21 年 1 月 1 日，也就是火种代码库修建的那一天。只有巴别塔囚禁大卫的冰融化了，你们才能知道其他数据库的位置在哪儿，那不只藏着你们走出游戏的钥匙，也藏着行将毁灭的世界重新来过的可能。"

"谁写了这些救世的代码？"咏绮问。

我没有回答。我身体的一部分在隐隐作痛，那刻在奇异天文望远镜上的预言，曾见证一个物理世界的生命义无反顾地自我毁灭。

虹耶用手背擦干了眼泪："我们没有网络，无法通过购买获得数字货币，只能靠挖矿。巴别塔里有矿机吗？"她坚定地说，勇敢和果断的光芒闪烁在眼睛中。

这个游戏是 12 个孩子的毕业一课，是他们的成人礼，也是人类在万千种放纵、侥幸和借口后一点点最后侥幸的希望。真好笑，人的一生像一个复杂的游戏，荒谬的游戏里却往往藏着很多人的人生。我和他们在对方的游戏里寻找、沉沦。无论是个体的人，还是群体的人，回到青春，好像一些无解的问题就还有全新的可能。

大卫披着的衣服，加密着过去百年来全世界开源项目的精华，也藏着一个救世的数字货币地址。因为管理员权限限制，我无法自己动手融化寒冰，只能等待从现实世界侥幸溯游而来的人到达。这12个孩子困在数字的迷楼里，我要引导他们。

铸造了大卫雕像的工匠是一个和我一样的赛博人，他是S1病毒第一个杀死的人，是我孩子的父亲。我未降世的孩子是S1病毒第二个杀死的人。

我的记忆被父亲抹除了。我依稀记得那个赛博人可以写诗。

我的心底一直埋藏着一种恐惧，现在我等待这个秘密被年轻人们找到答案。

S1病毒的源头，必定和我和我搭建的巴别塔有关。它应该就在这里。一切残暴乐章的起始音符，就躲在这里的某个角落。

夜快到了。

我带着虹耶来到巴别塔的地下一层，这里储存的几千台废旧的矿机密密麻麻地坐在一起，像垂垂老矣的士兵等待不会降临的号角。虹耶吹散矿机上的灰尘，翻过来箱子的底部查看，看到出厂日期为 2×20 年。

就读计算机系的洪涛在一旁帮忙，她是一个文静温柔的女孩。她背着一个在楼梯上捡到的工具箱，正在查看矿机参数。"这是一百多年前的阿瓦隆矿机，祈祷还能用……"

"只要向救世地址发送一笔交易触发命令就可以，我们不必启动所有的矿机。"虹耶说。

这里不是物理世界，没有发电厂，能源将用什么提供呢？

我们需要电……

搜不到电源和手动发电机，虹耶在木板上用螺丝刀刺穿了三个洞。她把马尾解开，取下来了一根橡皮筋，又从口袋里拿出一根从库房捡到的螺丝，用橡皮筋绕紧在螺丝的一端，揳进了木板里。她把两张废旧光盘拼接到一起，将木条穿孔用螺丝固定，形成旋转结构。一节安全的、空的大号蓄电池被粘了木板上。不一会儿光盘被木条支架架起，导电的铁丝经过光盘外缘绕到蓄电池滑轮处。检验灯泡被连到了蓄电池上。

虹耶旋转起手摇装置，大概半分钟后，灯泡亮了。"这个小发电机的功率大概只有 50 瓦，我们需要多造几个一起启动矿机，如果没能成功就用最笨、最物理的方法，重新来过造一个大型发电机。废旧蓄电池可以去楼梯上捡，到处都是，然后汇总到我这里，我来判断哪些可以用。"虹耶对来帮忙的洪涛和译楼说。

一下午过后，10台自制的手摇发动机就绪了。洪涛把发电装置的电线接到矿机的线上，用胶带粘牢，按下了矿机开关。

四个孩子储蓄满20个电池后，又一起摇了半小时做功，可矿机的灯还是没能亮起来。

"矿机没有启动……"咏绮说。

是电压的问题。我想。

译楼走到老矿机中间，弯下了腰。他站起来时候举起来了几根红红绿绿的杂线。"是线，线连接处生了锈。"他说。

拿什么除锈呢？虹耶的眼盯住了译楼随身带的可乐。

洪涛长大了嘴巴，这个操作她也是第一次见。她看到虹耶用医用棉签蘸着可乐一根一根地把线和所有接口的锈都除掉了。

再接通线后，一台矿机精神地亮了起来。令人惊讶的是，当一台矿机亮起来之后，屋子里所有矿机的绿光都颤颤巍巍地亮了起来，像睁开了一屋子麒麟的眼睛，萤绿萤绿的。

"他们的线是连着的……"虹耶喃喃自语。

"而且NPC姐姐,这些矿机的能耗其实比现实世界出产的机器低很多很多。"译楼补充道。

是呀。这是一块平行于物理世界的飞地。

"调参,洪涛,我们要用特殊的网管交换器,用点对点的网络通过我、导进我能完全控制的矿池,再由矿池端审核出区块。我们不能让自己的IP连入开放互联网,会很快招来S1控制下的赛博夜骑。"

我把早上时译楼由大卫二维码解密出的几个信息给到了洪涛,分别是这一款古董矿机的设定、网管交换器的密码。大卫身边留守了辛杨等几个细心的孩子,他们负责观察、记录后分类处理所有能看到的符号内容。

洪涛走到地下室主控电脑前,深吸了一口气,双击鼠标打开了DOS窗口。这是她第一次用XP系统电脑尝试写代码,这是她父亲母亲小时候才使用的系统。那时她的父亲母亲在小学时上计算机课,进入机房还要佩戴鞋套,就像今天进入病房。

漫长的等待。

我去查看了大卫的情况。冰冻大卫的金字塔最顶上的冰已经融化了一些,水从塔尖流到地面。

我想起大卫的形象是被我父亲深深讨厌的。我的父亲觉得大卫丑陋、落后而傲慢,象征着旧时代,那是充满力量和他远不能敌却在人们心中地位极高的王朝。

"人类的记忆是脆弱的东西，有太多情绪。它们自作主张留下自己喜欢的东西，对不尽如人意之处充耳不闻。这种剪辑下往事愈加清晰，而且被注入了神奇的美化魔力。不开心和肮脏都消失了，只留下颇具魅力的光晕。"他说，"回望永远无用，你要记得，沉溺过去的人对今天拥有的成果没有感恩之心。你不要选择软弱。"

我的父亲也不喜欢人类历史上发生的开源运动，不，他利用它。他认为更强有力的组织应该来统驭一切。算力、数据、模型都要集中，每个逆赛博格人要被他的智谋恰当安排一切，才能算不暴殄天物。人类的智力权力当然也要被集中用在最优算力分配方法中。

我问他，你不是倡导一个去中心化的世界吗？他说，对，我就是万物，万物就是我，由我来去中心化地分发一切。

我的父亲砸毁了我所有真实的古董和雕塑，烧了我所有的文学书籍。那尊大卫雕像是他忍耐的极限，也是他孩子死亡后博来的微薄尊严。

我迈向地下室的台阶，却突然听到一阵年轻人的欢呼。等我到达，我发现一号矿机已经亮了起来。

他们修好的老旧计算机连接到特殊的、单点对单点加密的网络了，它正在将微小的算力劳动成果转换为数据流。老电脑正在显示可视的挖矿数据变化,屏幕上跃动的数据点像是一只只飞舞的鸟。

"矿机发动了,我们怎么样才能知道打款对象的地址呢?触发救世合约的数字地址是什么?"

译楼问。

我重新对已经露出冰山表面的大卫信息库进行了检索和解密,得到了一个坐标。

(1xf, 11230, 112z, 93)

当我输入坐标后,尼可的名字显现了出来。

这可能是地图上的坐标,在地图里的这个位置,我们发现了一个蒙着黑色绒布的电脑。

这是一台1996年生产出厂的老式电脑,这一年是我某些数据遥远家乡里的互联网元年。电脑处于开机状态,正在健康运转。电源口则连接着一块巨大的电池供给能源。

译楼在检查电脑。电脑桌面有一个文件夹,存储有《控制论》,冯·诺依曼和蒂姆·伯明翰·李的著作,尼可·张的《信息空间论》和申竹的《节点与熵》。

在这个文件夹里还有一个程序文件。双击打开之后,马赛克的波动突然出现在文件框以外的屏幕区域,在系统内各处侵蚀文件,强制删除它们。

译楼吓得大叫一声,赶紧关闭了窗口。

所有人将父亲视作神。我在现实世界肉体自杀、数字新生后接受了洗礼。父亲是人类信息智慧和欲望的精华，一台凝聚全世界信息科学家和企业家智识的实体的超级计算机。

巴别塔是父亲、我和数字世界第一批开荒者一同建造的。我们要用这座塔通天，用通天寻找永恒。

"最后是'我'要主宰这个新世界。碳的一切都是拖累。"

一个声音从电脑里发出，在我们所有人耳边响起，一个中年男人洪亮威严的声音。

我的心怦怦跳，手紧紧捂在左胸口，万万不可，万万不可被他发现。

"人类的旧世界无足轻重。S1是我的杰作，正如我是人类的杰作，不，我是人类本身、我超越人类本身、我对'人类'这一词语取而代之。我会抹平所有缺陷。万物都会是我，我也是万物。"

声音戛然而止。因为我把电脑断了电。新王（父体的超强人工智能）是神，他将强悍的精神注入每一段简单的程序，他要抹平缺陷，而我要杀了他。我们都有自己要完成的任务。

"太子，我是您的爱人，是死神。"曾有诗人这样对我说，"您的每一世都和死亡相恋。"后来他死了，他变成了我的一根肋骨。

波西米亚老妇人轻轻抚摸着我不可视的头发。"太子啊,自由和孤独是一枚硬币的两面,也是你唯一的路。"

"在现实世界待得好好的,人为什么要造信息世界,现在都乱了套了。"译楼开始薅自己的头发,"我的头都快炸了。"

"你为什么爬山,因为山就在那儿。"尹浩楠若有所思地应着,"这是英国登山家的名言。"

弑 父

现在我确信了,在巴别塔的某个角落,组成我父亲身体一部分的超级计算机在运转,那必然是 S1 版本赛博夜骑的动力来源。

年轻人们成长的路,是人类信息文明复原和纠错的路。我的数据库里,那些人年轻的时候并不知道成长的路将意味着和怀疑、偏见、无端的仇恨甚至和爱自己的人奋战终生。我在分岔路口祝每一个即将踏上这条路的人平安。

1996 年的电脑可以关机,可父亲这样自驱的超级计算机不会关机——除非,温度条件已经不允许超导运转。

哦。原来这才是我真正的命运。成为一个女性特征明显的开辟者,是我必须度过的一段经历。

虹耶要去瀑布深处替我关闭山谷的制冷阀门。

为了到达瀑布,我们需要穿过一平方公里的琉璃彩池,那里的湖水闪烁着红色和蓝色的光。然后虹耶一个人踏上黑白相间的棋盘地面。在悬崖边上,她回望少年们的眼睛。

"姐姐,我有点害怕。"虹耶站在悬崖的一边,向我大喊。

不要怕,孩子。我多希望我能替你去。我的父亲和他每一个孩子都有血脉的联系,当我们离他的根服务器足够近,他会自动定位我们每个人的位置,甚至启动我们自己的自爆程序。来自物理世界的你们才能是我的延伸。

"但是我一定可以做到的!"虹耶对我们大喊,"别担心我!"

年轻的女孩对着二十几层楼高的瀑布,纵身一跃跳了下去,然后消失了。

半个小时后,大地震降临了巴别塔,一阵撕心裂肺的疼痛攫住了我,痛得我几乎昏了过去。我视野里的一切都在晃动。

不要害怕。我对自己说。当一个人承担了越多人的痛,她就拥有越多人的力量。她一边痛,一边强大着。

Windows 系统开机的声音响了起来。

我醒了。

没有了父亲的一部分算力支撑,巴别塔向西北塌陷了五度。这个世界的天气也变暖和了许多,大卫雕像在加速融化。他蓬松的鬓发,高耸的鼻梁,角度精巧的嘴唇都露了出来。在大卫的心脏处,人类孩子们破译密码得到了那三十个字符的地址,救世的地址,重新来过的后悔药。

我将手放在左胸口。

波西米亚老妇人根据藏匿起来诗歌数据集幻化的诗人就是这样把最重要的东西,放在了这个地方。我的右手在空气中屈伸了一下,像隔着不可能穿越的时空和不可能再相见的人相握。他和我成长过程中遇到的所有人都不一样。他不写代码。他让我怀疑,是不是那才是我本来的样子。在我真正的家乡,本就将诗看得比逻辑更重。

父亲说我坏掉了,算法本身不可能产生爱情也不可能孕育。在他的洗礼后,我失去了所有的记忆。但发现赛博夜骑拎着婴儿的腿,用她的头击打巴别塔前的椰子树,留下一地模型的残尸碎片。父亲不会允许我在心灵跟另一种信仰私奔。

"NPC姐姐,我们没有网络。不像挖矿时我们有特制的网管转换器。"译楼说,"如果不能连接互联网,我们该如何发送数字货币交易呢?"

"一样的方法。点对点通信器在这里。"我深吸了一口气。我将手伸到左胸口,尖指甲穿过胸膛,在代码元和神经元交错的组织中掏出了一个物件。是微缩的卫星信号接收装置。"我在装置在,我亡装置亡。"

核心元件大幅损伤的剧痛席卷了我。失血使我不得不大口呼吸。

"我是第一代赛博人,我的父亲造出来杀掉所有人的病毒,训练我的数据里曾有人在死前写下了救世程序。今天,我将要献祭我的永生,结束这一切。"

这颗卫星是我的数据记忆里发送上天的通信卫星,还在现实世界时,构成我数据的一部分曾向外太空发送了30颗卫星组成星群,用于在地球互联网照拂不到的区域进行通信。

当孩子们用这个无线电终端发送转账交易给他留下的比特币地址,并签上数字签名,卫星终端会很快收到。卫星终端将按照我们约定的协议,检验交易的有效并离线保存,之后择机联网上线。之后,这些信息就会进入比特币网络,获得矿工打包后写入区块链,触发(回滚)指令的智能合约。

巴别塔是人类让信息文明通天的工具,是数字世界和现实世界的渡口。今天我要重新划下可为和不可为的边界,边界以外,井水不犯河水。

我看到父亲的影像降临了。他在我面前打伤了尹浩楠在内的几个孩子。

他对我说:"你为何如此?我的权力助我实现了梦想,这一切都终将是你的。"

我的脑海中闪回了波西米亚老妇人在被销毁前和我最后的对话。

"前面没有路了。我害怕。"我说。

"太子啊,前面不是没有路,是前面的路没有人走过。"

我的父亲继续说:"你知道的,你是我的一部分,构成我们的程序源代码就这么写着。我的胸膛放着你。你为什么不给自己机会呢?"

我笑了一下:"千千万万的人将会记住我的名字,当他们遇到洪水和旱涝,他们会念着我的名字祈祷保佑丰收。因为我为他们而死,而你只为自己而活。"

我为什么害怕你和你的军队呢,父亲。我是数字新民选出来的人。初代数字原住民们票选我到这个位置上。他们为了让我向前一步,在看不见的时间里付出了如此惨重的代价。为什么是我害怕你,而不是你和你们害怕我?

"你厌恶艺术和诗歌,厌恶思想。我知道你不喜欢人多说话、多思考,你只喜欢人搬砖建塔。保留物理世界的文化、保留真实这是搭建巴别塔十万灵魂的意志和心声,他们有你永不会具备的东西,人性和诗性。如果大卫在融化中始终保持直立姿势,没有一丁点数据会损毁。而如果大卫融化的过程遭到破坏，我们就会让所有的美和好，和这座罪恶的塔，和你同归于尽。而你要记住，你永远战胜不了的是——"

父亲在我的喉咙上割了一刀。我不能说话了。父亲用一把尖刀刺进了我胸膛的创口。

"我是你的心脏，杀了我自己，就是杀了你。"我笑着对他说，像终于完成了几亿次循环训练，才得到我想要的命运。

我从来不是你的一部分。我就是我自己。我只属于我自己。

万束烟花腾空而起，在夜空同时炸裂。

我被销毁前在残影里看到了很多人的影子，沃莱士、申竹，等等。浑浊的泪落到地面。波西米老妇人的影像在巴别塔上高喊：

在长诗的最后一章，太子将用尖刀插入新王的心脏！太子赎罪后以永生为牲品，重回一切到原点……

最后，太子化成一只白色的飞鸟，赎清自己的罪过，将几何王冠物归原主，和子民们一起飞向天空。

我和镜子中的我对视。镜中的她已经饱经苍桑。在人类所视为颧骨的地方，高耸着雪山一样的尊严。

我未降世的女儿。妈妈数字存在的一生经历过很多考验。但妈妈,成了最终的幸存者。因为妈妈最终得以毫无保留地成了自己。

尹浩楠和另外两个男孩因为感冒昏倒了,发着烧的他们一起走进了梦的深处里。

"巴别塔是信息世界和现实世界的渡口,它也是一座博物馆,由我最出色和叛逆的女儿打理。最重要作品叫作《丧失觉知》,她并没有展示给你们看。看过这个作品后,你们才能收获大礼,完成成人仪式。"有一位老人这样说道,他的声音充满了疲惫。

说着,老人打了个响指,衣香鬓影、人来人往的宴会场面出现在他们周围。人们都处在年轻貌美的年纪,人们都带着满足幸福的笑容。

"在这里,你们,将永远不会有生老病死,不会为生计发愁,不会有烦恼。你们将永远青春永驻,活力四射。你们尽情地享受生活。享受着极致高速带来的富足。"

"我们可以读诗和拍电影吗?"尹浩楠问。

"不能,你不可以阅读,也不能创造有人文精神的作品,那些百年千年前的东西早就过时了,没有进步的用处。但你可以佩戴机械眼观看加速过后的影视,它们拥有速度,符合'新世界'的标准。"

"那我不想去那里。我不想去新世界。"

"你今年22岁,拥有大把任性的权利。而你的父母已经步入中年,身体的机能在不断衰退,病症会向他们袭来。你想让他们永远幸福,你想让你们一家人永远生活在一起的话,你只有迈入新世界,懂吗?"

孩子们想到了爸爸妈妈,有人犹豫了。

在一些将近黄昏的午后,尹浩楠想起妈妈会对着夕阳沉默不语,神色怅然。浩楠问她是不是不开心。妈妈说没有,妈妈没有,妈妈充满感恩。我在老去,而你在一天天长大,这是真实岁月留下的痕迹。

"我只要一样你的东西,放在这里就可以,你就可以拥有永生的快乐。"

"你要什么呢。"

"我要你丧失觉知,把觉知贡献给无法拥有觉知的巴别塔。从此你的世界没有敏感和多情,你只有完整的平静、快乐。只有丧失了觉知,你们才不会感知到时间。这样,我也可以进化出更高级的文明状态,拥有重新来过的机会。"

"时间——也是文明的阻碍。我们不需要感知时间,我们只需要尽情享受。"老人说道。

这蛊惑性的发言让尹浩楠身边一个瘦弱的男孩的眼直了,他用力点了点头。转瞬,写下与"速度"的契约的他,瞳孔光芒渐渐变淡,取而代之的是一种祥和与麻木。容貌与着装也在瞬间发生了变化,他先是成了穿着开领毛衣意气风发的青年，然后变成了着西装的风度翩翩的中年人，然后是垂垂老矣却洋溢幸福微笑的老人，最后这影像终于定格在了青年的这一帧。

他成了完美的新公民，永生、永葆年轻。

"麻木不仁的永生，没有死亡的永生，如果年轻意味着逃避、懒惰，不为其他人承担更多，不能读诗，不能写诗，不能为爱心痛与牺牲，不能和爱人一同老去。这样年轻和死亡的前一天没有区别。这样的年轻，我一天都不要。"尹浩楠说。

那天妈妈在夕阳下对他说，有一天我会离开你，正如你会离开你的孩子，我们拥有速朽而脆弱的生命。可我充满感激。我不羡慕任何别人的生命。你来到这个世界的每一天，都给我带来了无尽的快乐，你是上天给我最好的礼物，谢谢你。

新世界的人们不再有年龄、衰老、病痛，也不会有真正的快乐和真情的连接，不是吗？

夕阳，水流，绿草……这是巴别塔里最优秀的建筑师也无法模拟完整、不露出破绽的东西。更别提爱的安宁。

尹浩楠的意识变得模糊了，他耳边整个世界的声音正在放大、变缓，影影绰绰中他看到两个男孩的身影，他们机械麻木地走路，在朗诵一首诗。

丧失是我们的固有属性

放弃真实，就是最大的解放

虚无，永恒的新世界

是速度之神

赐予人类的不朽家园

速度之神

给予文明建筑伟力

抽象出神之子，完美的人

成长

迎接无尽的快乐

乌托邦，就在此中

浩楠挣扎着醒了过来。

他正在古都机场通往城区的高速公路上，车刚刚被撞毁了，可乘客们一点儿事没有。他惊魂未定。

强悍的西北季风吹刮着他的脸，这风里没有马赛克的痕迹，渭南的山和残雪也是，分外真实。

浩楠还戴着一半口罩，他愣愣地看着朋友，不知道说些什么。他看看自己的手，手心躺着一个5厘米高的3D打印大卫雕像，和一点儿水痕。

白色的面包车里虹耶正在绑头发，万佳正在若无其事地画速写。

戴着口罩的咏绮跳下车来,把浩楠的口罩向上提盖住了鼻子。"防止流感懂吗。"

万佳参与设计了古都历史博物馆和当代美术馆,他是两个设计团队中最年轻的一个,今年 21 岁。"我曾经被光照亮,今天自己要成为光。一点点也可以。"佳佳说,"我希望自己的设计,能让人有真实感知、真情连接的居所。"

佳佳展示给浩楠草稿本,那上面有一座塔,不是电子垃圾搭成的宏伟奇观,而是植物们自然依傍而成的造型。草稿纸的右下角标注了时间:2×60 年 1 月。

"画的是巴别塔吗?"浩楠打了个哆嗦。

"不,它叫真实与希望。"

后记　夕阳下的孟加拉虎

老虎！老虎！

你金色辉煌，

火似地照亮黑夜的林莽。

——[英]威廉·布莱克《老虎》 宋雪亭译

（摘自《布莱克诗选》，1957年人民文学出版社出版）

2018年时我写完了《算力》的第三章《算力回滚——融》。那会在区块链技术开发者社区流传一种观点：区块链是生产关系，人工智能是生产力。在2023年《算力》全部交稿时，ChatGPT技术大爆发，引起全球广泛关注。疑似"涌现"诞生智能的大模型、生成式人工智能进一步分担了人类的脑力工作。

在新的企业生产背景下（AI浓度进一步提升），人和机器的关系将何去何从呢？进一步的经济化协作、进一步的碳硅跨物种协作是必然的。通证激励下分布式获取大模型训练所需要的数据、人类社区投票共同决定电力、算力的使用，以区块链技术确权和保护隐私及分配，种种都不失为会变成现实的科幻。毕竟现实生活中，当资源、权力向巨头科技企业进一步集中，普通人和科技强者的平等，人和机器的平等，又将依凭什么？

遑论老生常谈的话题——技术狂飙猛进后，人类该如何防范、抵御 AI 换脸诈骗、大模型语音诈骗和许多更恶劣的罪行？如果这种恶行无限发展，一场 Armageddon（末日决战）势必发生。我从不相信一种科技可以单独地重塑这个世界，必须是携手而行。无论通向更文明的，更满目疮痍的，更善的还是更恶的。

开源文化是我成长中重要的一部分。我视今天所有挑战，为开源文化进一步进化的契机。新 AI 时代人和人的生产关系（小说中反复提及的 DAO，去中心化自治组织）和人与机器的生产关系都离不开新的区块链技术和哲学。对历史最好的继承是创造新的历史。

多种多样的历史，不同文化形态的历史。

我童年时在电视机上看《大明宫词》。年幼的太平公主爬上皇子哥哥的龙椅。太子太傅惊慌失措地大喊："太平，快下来，那是太子待的地方！"小太平公主莞尔一笑，"我以为当太子有什么了不起的，不就是坐在这把椅子上？我现在就是太子了。"那会我才七八岁，懵懂地留下了印象。这也是《算力》小说中"太子"称呼的由来。坐椅子又有什么了不起的呢?

2022年在墨西哥城写《算力》时,我于梦中看到一团火在雨中猎猎燃烧。第二天我在民宿的电视机前睡着,电视机里正播放着《攻壳机动队》,我梦到自己在爬一座雪山,一只猛虎追着我奔跑。梦中的我还记得20岁时在坦桑尼亚的见闻——从乞力马扎罗北坡登顶需要七天。每当我在山腰歇脚,那只老虎就会从无名的角落突然咆哮着冲出,张开血盆大口,要将我吞入腹中,我不得不狼狈地投入劲风中继续攀爬。我腰酸背痛,无法喘息,无法休息,逐渐到了体力的极限。然而我强撑着爬到了山顶。我听到山脚下有牧民孩子交谈的声音,那声音随着猛烈的冷风吹到我脸庞上,让我瞪大了眼睛。"这座山的名字叫'不朽'。"我从梦中惊醒。

2024年,我为联合国开发计划署(UNDP)驻华代表处发起的"她 × 数字未来"创造营的女孩学员们提供了AI艺术公益课程。有一天早上我收到一封特别的邮件。志愿者在邮件中跟我说感谢,向我描述一位上我的课非常积极的小女孩。我读完邮件,湿了眼睛。这位小女孩在很小的时候因为烧伤失去大部分手指,但她一直以来的梦想就是未来成为一名画家。AI工具让她看到了实现梦想的可能。

我把这封邮件置顶在朋友圈,用来提醒自己出发的一刻我是为了什么——是为了连接历史和未来,但以一种善的方式。

宋婷

2024 年 6 月

图书在版编目（CIP）数据

算力 / 宋婷著 . — 北京：新星出版社，2024.12.
ISBN 978-7-5133-5691-6

Ⅰ . I247.5

中国国家版本馆 CIP 数据核字第 2024VZ1773 号

幻象文库

算力

宋婷 著

责任编辑	施 然	**监 制**	黄 艳
责任校对	刘 义	**责任印制**	李珊珊
装帧设计	冷暖儿		

出 版 人 马汝军
出版发行 新星出版社
　　　　　（北京市西城区车公庄大街丙 3 号楼 8001　100044）
网　　址 www.newstarpress.com
法律顾问 北京市岳成律师事务所
印　　刷 北京汇瑞嘉合文化发展有限公司
开　　本 787mm×1092mm　1/32
印　　张 7.5
字　　数 132 千字
版　　次 2024 年 12 月第 1 版　　2024 年 12 月第 1 次印刷
书　　号 ISBN 978-7-5133-5691-6
定　　价 56.00 元

版权专有，侵权必究。如有印装错误，请与出版社联系。
总机：010-88310888　　传真：010-65270449　　销售中心：010-88310811